中华茶文化系列丛书

茶韵诗情

本书编写组 编

姚国坤 总主编

大连海事大学出版社

图书在版编目(CIP)数据

茶韵诗情 /《茶韵诗情》编写组编. — 大连：大连海事大学出版社，2018. 4
(中华茶文化系列丛书 / 姚国坤总主编)
ISBN 978-7-5632-3635-0

Ⅰ. ①茶… Ⅱ. ①茶… Ⅲ. ①古典诗歌-诗集-中国 Ⅳ. ① I222

中国版本图书馆CIP数据核字(2018)第075110号

大连海事大学出版社出版

地址:大连市凌海路1号 邮编:116026 电话:0411-84728394 传真:0411-84727996
http://www.dmupress.com E-mail:cbs@dmupress.com

大连住友彩色印刷有限公司印装 大连海事大学出版社发行

2018年4月第1版 2018年4月第1次印刷
幅面尺寸:165 mm × 235 mm 印数:1 ~ 10000册
印张:9.5 字数:100千

出 版 人:徐华东 策 划:徐华东
责任编辑:席香吉 责任校对:张来胜
封面设计:解瑶瑶 版式设计:孟 冀 解瑶瑶

ISBN 978-7-5632-3635-0 定价:34.00元

中华茶文化系列丛书

前　言

茶为国饮，千百年来，无论时代如何更迭、社会怎样变迁，它始终伴随并滋养着人们，已经成为人们生活中不可或缺的一部分。

中国素有“礼仪之邦”之称谓，茶文化的精神内涵即是通过沏茶、赏茶、闻茶、饮茶、品茶等习惯与中国的文化内涵和礼仪相结合。客来敬茶、以茶敬老是中华民族的传统美德；以茶联谊、以茶会友，是人际交往、增进友谊的良好途径；品茗悟道、欣赏茶艺，还能修身养性，带给人美的享受。随着茶文化的宣传与普及，科学饮茶、健康饮茶和文明饮茶正日益成为人们健康生活方式的重要内容。对于中国人来说，茶既是物质产品，又是精神产品。

我国的茶叶、茶学现已发展到了一个崭新的阶段，无论是茶叶品种之多，采制之精，生产、管理以及茶的利用开发之科学，还是茶文化内容之丰富，都是前人所无法比拟的。尤其是进入21世纪之后，中国茶的第一、二、三产业呈现出比翼齐飞、蓬勃发展的良好态势。

习近平总书记也曾在致首届中国国际茶叶博览会的贺信中指出，中国是茶的故乡。茶叶深深融入中国人的生活，成为传承中华文化的重要载体。从古代的丝绸之路、茶马古道、茶船古道，到今天的丝绸之路经济带、21世纪海上丝绸之路，茶穿越历史、跨越国界，深受世界各国人民喜爱。

为了更好地传承与弘扬数千年的中华茶文化，使茶与文化更加有机地融合，我社以《中国茶叶大辞典》《茶经》等权威图书为依据，组织编写了“中华茶文化系列丛书”，包括：《茶韵品鉴》《茶韵雅器》《茶韵故事》《茶韵诗情》《茶韵丝路》。

《茶韵品鉴》介绍了茶的类别，详细阐述了常见的七类茶，包括它们的品质、制作、冲泡方法、选购方法、名贵品种等；《茶韵雅器》完美地诠释了茶与器之间相互依托的关系，书中的小贴士、小故事更能让读者在趣味中认识茶具、了解茶具；《茶韵故事》按照时间的顺序，叙述了茶的起源及历代茶史，包括《茶经》等书籍以及与茶有关的名人轶事；《茶韵诗情》让读者在诗情画意中领略到茶对人类文明进步所做的贡献；《茶韵丝路》让读者感受到茶文化对中国乃至整个世界的影响。

中国的茶文化源远流长。关于茶，《诗经·豳风·七月》云："采荼薪樗，食我农夫。"（荼即茶）"茶圣"陆羽《茶经》云："茶者，南方之佳木也。"苏东坡在《次韵曹辅寄试焙新芽》中则云："从来佳茗似佳人。"据统计，我国历代的文人墨客写下了两万多首的茶诗、茶词和茶曲，真是咏之不尽，赋之不绝，唱之不断。本册为《茶韵诗情》，从采茶、煎茶/煮茶、品茶、名茶、赠茶/谢茶五个方面沧海一粟地选了50首茶诗，供读者品鉴。在您饮茶、访友时，希望这本小书能提供一些谈资，或在您赠茶或谢茶时引用其一二。如果本书能给您带来一点小小的帮助，将是我们莫大的荣幸。本书把诗中与茶有关的知识进行了解读，并适当地添加了茶文化小百科。在分析每首诗的时候尽量代入作者的感受，真正体验那时、那地、那人的故事，在诗中体验每杯茶的醇香，在茶的氤氲中再与古人共饮一杯千年诗韵。

本套丛书的主要特点是站在全面、综合、理论化的视角上来对茶的历史、文化以及相关的知识、常识做出系统的阐释，也保证了丛书的原创水准和专业程度；运用现代手法解读，插图形象直观，图解简洁漂亮、通俗易懂，让读者快速了解茶文化的全貌以及正确含义。同时，每本书中都附有二维码，扫描二维码，可以观看由天福茗茶摄制的专题小视频，动态补充书中内容，让读者身临其境，体会博大精深的中华茶文化。

姚国坤先生担任本套丛书的总主编及编委会主任，负责丛书的统稿和审读工作。徐华东先生及李英健先生担任编委会副主任，负责丛书的策划及分册内容的设定。孟冀等人担任编委会委员，负责丛书的数字化内容的加工工作。

本套丛书在编写过程中参考了大量同类书籍，编者在此对相关作者深表感谢。另外，特别鸣谢天福茗茶大连分公司对本套丛书的支持和配合，为本套丛书提供了相关的数字内容。

由于时间仓促、水平所限，疏漏之处在所难免，敬请广大读者指正。

编　者

2018年4月

目 录

采茶诗

采茶溪树绿，煮药石泉清。不问人间事，忘机过此生。

——温庭筠

送陆鸿渐栖霞寺[1]采茶

皇甫冉

采茶非采菉[2]，远远上层崖。
布叶[3]春风暖，盈筐[4]白日斜。
旧知山寺路，时宿野人家[5]。
借问王孙草[6]，何时泛碗花[7]？

【茶韵诗情】

诗中的陆鸿渐就是被尊为“茶圣”的唐代诗人陆羽(字鸿渐)。他和皇甫冉、皇甫曾兄弟都是好友。皇甫冉，唐代诗人，字茂政，丹阳(今江苏省丹阳市)人，才华横溢。这首诗描写了诗人送陆鸿渐去栖霞寺附近的山上采茶，他想象着陆鸿渐只身在层峦叠翠的山崖上采茶，采满一筐茶叶已经日头偏西，接近傍晚了，因为经常来采茶，自然熟悉山中的道路，对去栖霞寺的路更是了如指掌。陆鸿渐经常采完茶后沿着山路去山里的茶农家借宿。最后，皇甫冉感叹：

“陆兄啊，您采来的美茶何时能让我喝到呀！”

【茶韵品析】

① 栖霞寺：位于江苏省南京市栖霞区栖霞山中峰西麓，三面环山，北临长江，是中国四大名刹之一，南北朝时期中国的佛教中心。南朝时期与鸡鸣寺、定山寺齐名。

② 菉(lù)：草名，一年生草本植物，叶片卵状，披针形，近似竹叶。《诗经·小雅·采绿》中提及了一位妇女因思念出门在外的丈夫而“终朝采菉，不盈一掬”。此处作者把采茶与采菉相对比，一方面指出采茶要比采菉辛苦，另一方面也隐隐带出对陆羽的思念之情。

③ 布叶：指茶的嫩芽在春风和春光中慢慢伸展长成茶叶的样子。

④ 盈筐：盈是满的意思，盈筐指采满筐。

⑤ 野人家：即山野里的茶农家。

⑥ 王孙草：对茶叶的美称。

⑦ 泛碗花：指茶汤的样子，茶汤上的茶沫看起来就像开放了的花一样。

“茶圣”陆羽

陆羽，字鸿渐，复州竟陵(今湖北天门)人，一名疾，字季疵，号竟陵子、桑苎翁、东冈子，又号茶山御史。他是唐代著名的茶学家，被誉为“茶仙”，尊为“茶圣”，祀为“茶神”。陆羽一生富有传奇色彩，唐开元二十三年(735年)，他三岁，被竟陵龙盖寺住持僧智积禅师在西湖边拾得，禅师为他取名陆羽。陆羽一生嗜茶，精于茶道，以著世界第一部茶学专著——《茶经》而闻名于世。他也很善于写诗，但其诗作目前世上存留的并不多。他对茶有浓厚的兴趣，长期从事茶的调查研究，熟悉茶树栽培、育种和茶叶的加工技术，并擅长品茗。颜真卿、皇甫冉、刘长卿、孟郊、张志和等名人都曾与陆羽交往过，谈诗论道，品茗说茶，使陆羽对茶文化有了更深层次的认识，并将对儒学和佛学的感悟融入《茶经》的创作中。陆羽的一生，就像那回旋起浮于茶杯中的茶叶，虽然一路冲荡，却终得茶香般的善果。

送陆鸿渐山人采茶回

皇甫曾

千峰待逋客①，香茗②复丛生。
采摘知深处，烟霞羡独行。
幽期③山寺远，野饭石泉清。
寂寂燃灯夜，相思一磬④声。

【茶韵诗情】

皇甫曾，字孝常，皇甫冉之弟，丹阳(今江苏省丹阳市)人，其诗清幽、高洁。皇甫曾送陆鸿渐入深山采茶，采茶人走后，皇甫曾想象着群峰等待着这位如隐士一样的高人来采茶，茶树长得郁郁葱葱，采茶人沿着山路越走越深，山中的雾霭蒸腾映衬出采茶人孤单的身影。离幽静的山寺还有很远的路程，采茶人只能在路上喝山中石上的野泉来解渴。劳累了一天的采茶人终于到达了山寺。在寂静的夜里，采茶人伴着寺庙里的长明灯，听着悠远的念经和击磬之声，在心中默默地思念着远方的朋友。

通过这首诗读者可以感受到，当时陆羽采茶之辛苦，入深山，饮山泉，宿山寺，虽然寂寞但对茶的执着不减。也正是这种执着，让皇甫冉和皇甫曾两兄弟深深佩服，写诗传颂。

【茶韵品析】

① 逋(bū)客：避世隐居之人，这里指陆羽。

② 香茗：指香茶。

③ 幽期：幽指山寺很远也很幽静，幽期指采茶人要到山寺休息还要走很远的路。

④ 磬(qìng)：佛寺中使用的一种打击乐器，形似钵，用铜、铁铸成，可作念经时的敲击之物。

寄杨工部闻毗陵[1]舍弟自罨溪[2]入茶山

姚合

采茶溪路好，花影半浮沉。
画舫僧同上，春山客共寻。
芳新生石际，幽嫩[3]在山阴。
色是春光染[4]，香惊[5]日色侵。
试尝应酒醒，封进定恩深。
芳贻千里外，怡怡[6]太守吟。

【茶韵诗情】

姚合，字大凝，祖籍吴兴(今浙江省湖州市)，陕州(今河南省陕县)人，出身于大名鼎鼎的吴兴姚氏，唐代名相姚崇的曾侄孙，唐代杰出诗人。姚合在当时诗名很盛。他与贾岛友善，诗的风格亦相

近，但较贾岛的诗略平浅，他们两个人世称“姚贾”。姚合擅长五律，其诗以幽折清峭见长，善于摹写自然景物及萧条官况，时有佳句。晚唐时的张为在《诗人主客图》里也第一次将“姚贾”并称，把姚合与贾岛，归入“清奇雅正”的诗格中。姚合极为称赏王维的诗，特别追求王维诗中的一种“静趣”，此诗就反映了这个倾向。

此诗描写了诗人的弟弟和僧人一起坐着画舫，沿着罨画溪一路行进，溪两岸的花影映照着溪水浮浮沉沉。然后又描写了采茶客走进春天的茶山里，看到新茶树在石缝间萌芽生长。这些长势喜人的嫩芽在山的背面优雅地抽芽展叶，在春光映照下像是染上了翡翠的光泽，而春天的阳光也同样造就了令人惊艳的茶香，这香茶让人尝一口就醒酒了，所以马上把茶叶用包裹封好进献朝廷，这一定会受到皇帝的赏赐。这么好的茶叶已经送到了千里之外的朝廷，杨工部也可以悠然自得地吟诵一首茶诗来自赏啦。

【茶韵品析】

① 毗(pí)陵：今江苏省常州市。

② 罨(yǎn)溪：也称罨画溪，在浙江省长兴县西，亦名西溪。

③ 幽嫩：即幽雅而嫩的茶芽。

④ 春光染：茶树的叶子被春光映射得晶莹剔透。

⑤ 香惊：茶香因强烈日光的照射而变得使人感到惊艳。

⑥ 怡怡：悠然自得、高兴的样子。

霅　溪

霅溪也称霅画溪，在浙江省长兴县西，亦名西溪，发源于白岘洞山的箬溪，从新塘入太湖这一段，称为画溪，古时称霅画溪。霅画，色彩亮丽的图画之意。有诗赞曰："竹林深处杜鹃啼，两岸青青草色齐。欲识人间有霅画，朱藤倒影入清溪。"可见，古时的画溪定是美丽异常。自唐至清，许多文人墨客纷至沓来，留下了许多赞美的诗篇。

茶笋①

皮日休

褎然②三五寸，生必依岩洞。

寒恐结红铅③，暖疑销紫汞④。

圆如玉轴光，脆似琼英冻⑤。

每为遇之疏⑥，南山挂幽梦⑦。

【茶韵诗情】

皮日休是晚唐著名诗人、散文家，与陆龟蒙并称“皮陆”，著有唱和集《松陵集》。其诗文多为抨击时弊、同情人民疾苦之作。皮日休对茶情有独钟，一生写了多首茶诗：《茶中杂咏·茶焙》《茶中杂咏·茶鼎》《茶中杂咏·茶瓯》《茶中杂咏·茶人》《茶中杂咏·茶舍》《茶中杂咏·茶笋》《茶中杂咏·茶坞》《茶中杂咏·茶籝》《茶中杂咏·茶灶》《茶中杂咏·煮茶》，几乎涵盖了茶的所有方面。皮日休的茶诗具有写实的特色，在叙事中又不乏真情实感的流露，表

达了他对茶的痴、对茶的爱。

这首诗主要写茶芽的生长：长在岩洞上，长可达三五寸。天气过冷过热都会得病：天气过冷的时候怕茶芽结出铅粉似的斑点；天气过暖时又怕刚刚经过冰冻的茶芽烂掉。这种茶芽的茎就如同用玉石串成的小圆珠一样光润圆滑，但采摘起来却又如雪花一样脆嫩易折、易化。最后一句形像地写出采得芽茶少时，茶农做梦也记挂着采茶。

【茶韵品析】

① 茶笋：指茶芽。

② 褎(xiù)然：枝叶逐渐生长的样子。

③ 红铅：指旧时妇女装扮用的胭脂铅粉。

④ 紫汞：指水银。旧时道士炼丹时把水银熔化称为销紫汞，此处指天气过暖使茶芽腐烂。

⑤ 琼英冻：此处指雪花。

⑥ 疏：茶芽很稀疏、稀少。

⑦ 挂幽梦：在幽远的梦境中挂念着。

茶笋（茶芽）的生长

茶叶从长芽到采摘前的叶片的生长过程通常又叫茶树新梢的生长。从进入冬季休眠状态，茶树就开始在为发芽贮藏营养，直到进入春季，温度达到 10 ℃左右时芽就开始活动。温度慢慢升高后芽就开始萌动，呼吸加强，内部水分迅速增加，促进各种贮藏物质水解，芽的体积开始增大。体积达到一定程度，鳞片（在芽萌发之前起到越冬保暖的作用）就打开，接下来第一片叶片展开，以后陆续展开 2~7 片叶片。叶片全部展开后，顶芽生长休止，形成驻芽，驻芽休止一段时间后，又继续展叶，向上生长。这就是茶树叶片大体的生长过程。

茶笋

陆龟蒙

所孕和气[①]深，时抽玉苕[②]短。
轻烟渐结华[③]，嫩蕊初成管[④]。
寻来青霭曙[⑤]，欲去红云炀[⑥]。
秀色[⑦]自难逢，倾筐不曾满。

【茶韵诗情】

陆龟蒙，字鲁望，自号江湖散人、甫里先生，又号天随子，长洲(今江苏省苏州市)人。唐代文学家，与皮日休齐名，时称“皮陆”。曾隐居甫里，于顾渚山下经营一茶园，岁取租茶，自为品第，著有《品第书》，可继陆羽《茶经》，可惜早已失传。

诗中先描述了茶生长发芽和生长的情况：“抽玉苕”“渐结华”“初成管”。后两联写采摘茶笋的艰难：必须在晴天青云飘落的曙光初露时采摘；到了日染云红，满地热气时就不能采了。加之寻觅如此好茶佳笋真的很困难，所以采得很少，全部倒出来也装不满篮。

【茶韵品析】

① 和气：此指阴阳调和而孕育万物之气。

② 玉苕(tiáo)：苕，古书上指凌霄花，此指像小小的凌霄花一样的茶芽。

③ 华：指茶树积累精华长出的茶芽。

④ 管：指刚刚长出的管状的嫩芽。

⑤ 曙(shǔ)：此处指清晨的日光。

⑥ 炀(yáng)：原意火烧得很旺的样子，这里指晚霞灿烂绚丽的颜色。

⑦ 秀色：原指佳好美丽之色，此指叶片的成色非常上等。

茶篇[1]

陆龟蒙

金刀[2]劈翠筠[3]，织[4]似波纹斜。
制作自野老[5]，携持伴山娃[6]。
昨日斗[7]烟粒[8]，今朝贮绿华[9]。
争歌调笑曲[10]，日暮方还家。

【茶韵诗情】

陆龟蒙描写了老茶农用锋利的竹刀劈开翠绿的竹篾，用这些竹篾编织成有斜波纹的茶篮，采茶的年轻姑娘们背着这些茶篮相伴上山采茶。昨日的茶篮还被烟熏火烤得留下了斑斑点点的痕迹，今天就装满了翠油油的茶树嫩叶。这些采茶姑娘很快乐，一边采茶一边争相唱着茶歌，互相开着玩笑，直到傍晚才返回家中。诗人的生活体验非常深刻，描写细致传神，特别是最后一句“争歌调笑曲，日暮方还家，”更是把采茶姑娘边劳动边唱着茶歌的欢乐景象淋漓尽致地呈现在读者面前。

【茶韵品析】

① 茶籝(yíng)：装茶的竹篮。

② 金刀：这里指铁刀。

③ 翠筠(yún)：筠，竹子的青皮。翠筠指青绿色的竹篾。

④ 织：编织竹篮。

⑤ 野老：山野村居的老茶农。

⑥ 山娃：山村里的年轻姑娘。

⑦ 斗：编织竹篾。

⑧ 烟粒：指用火熏烤竹篾使之变软时，在竹篾上留下的烟熏的斑点。

⑨ 绿华：指翠绿的茶树叶片。

⑩ 调笑曲：指采茶时相互开玩笑而唱的茶歌。

和伯恭[1]自造新茶

余靖

郡庭[2]无事即仙家，野圃[3]栽成紫笋茶[4]。
疏雨半晴回暖气，轻雷初过得新芽。
烘[5]褫[6]精谨松斋[7]静，采撷[8]萦迂[9]涧路斜。
江水薄煎萍仿佛[10]，越瓯[11]新试雪[12]交加。
一枪[13]试焙春尤早，三盏搜肠句更嘉。
多谢采笺贻[14]雅贶[15]，想资诗笔思无涯。

【茶韵诗情】

余靖，原名希古，字安道，号武溪，韶州曲江(今广东韶关市)人。广州旧有“八贤堂”，纪念广东先贤，余靖即为其中一人。这首诗反映了诗人没有公事可办的时候心情轻松自在，在家中自栽、自采、自制、自煎紫笋茶，边饮茶边写诗的情景。正是好茶助兴，让他思无涯，佳句如泉涌。借着茶兴，他把诗写在朋友送来的精美的彩笺上。古有李白以酒助兴，创作了脍炙人口的诗篇，而本诗的作者余靖却是以茶助兴，下笔如有神，诗思万千。

【茶韵品析】

① 伯恭：伯恭为潘夙的字，大名(今属河北)人，曾任韶州知州。

② 郡庭：指郡守办事的厅堂。

③ 野圃(pǔ)：郊外的园圃。

④ 紫笋茶：著名贡茶，产于浙江省长兴县太湖西岸的顾渚山。

⑤ 烘：烘烤茶叶。

⑥ 褫(chǐ)：脱掉、剥去，此指去掉茶叶中的杂质。

⑦ 松斋：指郊外烘制茶叶的房子。

⑧ 撷(xié)：摘取、采摘。

⑨ 萦(yíng)迂(yū)：迂回曲折。

⑩ 萍仿佛：茶汤的泡沫像浮萍。

⑪ 越瓯(ōu)：产于越地(今浙江一带)的名贵的茶碗。

⑫ 雪：指茶汤泡沫洁白如雪。

⑬ 枪：茶芽尚未伸展开，因其形状似枪，故名。早春茶叶有其专有的叫法：一芽，叫“莲心”；一芽一叶，芽似枪，叶似旗，故名“旗枪”；一芽两叶，形似鸟舌，故名“雀舌”；一芽三叶，形似鹰爪，故名“鹰爪”。

⑭ 贻(yí)：赠送。

⑮ 贶(kuàng)：〈书〉赠。

紫笋茶

陆羽品尝了阳羡(今宜兴)紫笋茶后向宫廷推荐，因而从唐肃宗年间起紫笋茶被定为贡茶。后来因为宜兴贡茶数量大，才由长兴顾渚分造。也就是说，最早出紫笋贡茶的是当时的阳羡。唐代在进贡阳羡紫笋茶的同时会进贡金沙泉水。紫笋茶制茶工艺精湛，茶芽细嫩，色泽带紫，其形如笋。唐代陆羽著《茶经》称：“阳崖阴林，紫者上，绿者次，笋者上，芽者次。”

采茶

蔡襄

春衫[①]逐红旗[②]，散入青林下。
阴崖[③]喜先至，新苗渐盈把。
竞携筠笼[④]归，更带山云写[⑤]。

【茶韵诗情】

蔡襄，字君谟，福建路兴化军仙游县人，北宋书法家、文学家、政治家和茶学家。蔡襄为官正直，所到之处皆有政绩。在福州时，除民间蛊害；在泉州时，与卢锡共同主持建造万安桥（洛阳桥）；在建州时，提倡种植福州至漳州七百里驿道松，主持制作武夷茶“小龙团”。所著《茶录》总结了古代制茶、品茶的经验，其《荔枝谱》被赞为“世界上第一部果树分类学著作”。蔡襄的诗文清妙，书法浑厚端庄，淳淡婉美，自成一体，为“宋四家”之一，有《蔡忠惠公全集》传世。本诗是蔡襄《北苑十咏》组诗的第四首。在这首诗中，诗人描写到了春天采摘贡茶的时间，在官员的督促下茶农们奋力采茶的场景。

全诗生动地描绘了采茶的场面：采茶人穿着春天的衣衫，跟着官员指挥的红旗，一路上山。到了山上，采茶人马上散入茶林里，还有的采茶人爬到阴面的山崖上去采摘质量更好的嫩芽，很快就摘到了满满一把新茶；归来时大家争相背着装满茶叶的茶筐，新茶带着山上云雾的香气，大家把茶卸下来，仿佛把山上的云雾气也带下山来。

【茶韵品析】

① 春衫：颜色鲜艳，充满春色的衣衫。

② 红旗：采摘贡茶时督办官员举行开采仪式，以红旗作为仪仗。

③ 阴崖：指山北面的悬崖。

④ 筠笼：用青竹篾编织的筐。

⑤ 写(xiè)：同“卸”。

茶坂[①]

朱熹

携籯[②]北岭西，采撷[③]供茗饮。
一啜夜窗寒，跏趺[④]谢衾枕。

【茶韵诗情】

朱熹，字元晦，又字仲晦，号晦庵，又号紫阳，徽州婺源(今属江西婺源)人。他继承和发展了北宋二程(程颢、程颐兄弟)的学说，建立了客观唯心主义的哲学体系——程朱理学，是宋代理学的集大成者。本诗为《云谷二十六咏》中的一首。作者在诗中记录了自己到北岭之西采茶，将采回来的茶自己煮来慢慢品尝，这一喝就喝到了深夜寒气侵窗，可是却一点睡意都没有，只好盘腿打坐，思考人生。这首清丽高雅的茶诗，表达了朱熹隐居山中，对“天人合一”的追求。

【茶韵品析】

① 坂(bǎn)：山坡，斜坡，诗中指茶树是生长在斜坡上。

② 籯(yíng)：采茶用的茶筐。

③ 撷(xié)：摘茶、采茶。

④ 跏(jiā)趺(fū)：指佛教中修禅者的一种坐法，盘腿双足交叠而坐。

采茶词

高启

雷过溪山碧云暖，幽丛[①]半吐枪旗[②]短。
银钗女儿相应歌，筐中摘得谁最多。
归来清香犹在手，高品[③]先将呈太守。
竹炉[④]新焙[⑤]未得尝，笼盛贩与湖南商。
山家[⑥]不解种禾黍[⑦]，衣食年年在春雨[⑧]。

【茶韵诗情】

高启，字季迪，号青丘子，长洲（今江苏省苏州市）人，唐代诗人。诗人在诗的开头就呈现了雨过天晴、碧云飘飞、溪山春暖、茶树吐翠的茶山景色。接下来两句写一群快乐的采茶女，一边唱着山歌，一边比赛看谁摘的茶叶多。采茶回来的茶农用竹炉来焙茶，再把茶分成等级，最好的先呈给太守，其他的卖给湖南茶商，而自己却舍不得尝。最后两句写茶农不懂种植粮食作物，每年的衣食唯有依赖种茶。诗人在这首诗里描写了茶农在雨过天晴的茶山上采茶是心旷神怡的，可这也是每年的衣食所依，反映了茶农的辛苦与不易。

【茶韵品析】

① 幽丛：指茶树。

② 枪旗：茶芽未伸展开为“枪”，已伸展开成嫩叶的称“旗”，皆取其形似。

③ 高品：品级最高的，即最嫩、最鲜、最好的茶。

④ 竹炉：一种精巧的竹制茶炉，该炉上圆下方，高不盈尺，外壳为竹制，里面填泥，炉心装桐栅，形似道家的乾坤炉。

⑤ 新焙：指焙茶，又称制茶(炒茶)，即用温火烘茶，古代制茶技术。

⑥ 山家：指山村的种茶人家。

⑦ 禾黍：指五谷等粮食作物。

⑧ 春雨：喻指春天采茶。

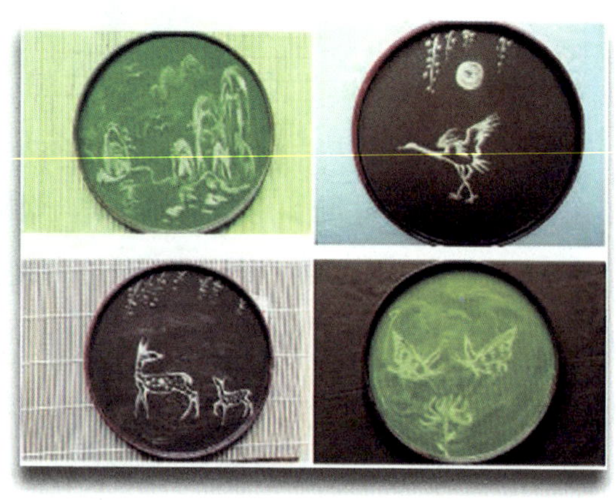

煎茶/煮茶诗

洁性不可污，为饮涤凡尘。此物信灵味，本自出山原。

——韦应物

与孟郊洛北[1]野泉上煎茶

刘言史

粉细[2]越笋芽[3]，野煎[4]寒溪[5]滨。
恐乖灵草性[6]，触事[7]皆手亲。
敲石取鲜火，撇泉避腥鳞。
荧荧[8]爨[9]风铛[10]，拾得坠巢薪。
洁色既爽别，浮氳[11]亦殷勤。
以兹委曲静，求得正味真。
宛如摘山时[12]，自啜指下春[13]。
湘瓷泛轻花[14]，涤尽昏渴神。
此游惬醒趣，可以话高人。

【茶韵诗情】

刘言史，赵州邯郸人，唐代诗人、藏书家。在这首诗中，诗人描写了与孟郊携带越地茶叶来到洛水之北的野外煎茶小聚的情景。

他们亲自动手，敲石取火，撇泉取水，捡起掉到地上的鸟窝当柴火来煎茶。煎的茶味道纯正，就像刚刚采摘下来那么新鲜，用湘瓷来盛茶汤，喝起来非常解渴。此行是这么的惬意，深深感到与“世外高人”的一种交流。

【茶韵品析】

① 洛北：指洛水之北。

② 粉细：即把茶叶碾成碎末。

③ 越笋芽：指越地出产的紫笋嫩芽。

④ 野煎：在野外煎茶。

⑤ 寒溪：泉水清冷，流而成溪。

⑥ 灵草性：指茶叶原有的品质。

⑦ 触事：凡事。

⑧ 荧荧：光亮微弱。

⑨ 爨(cuàn)：一种土、陶制的炉灶。

⑩ 铛(chēng)：此指一种煎茶锅，三足。

⑪ 浮氲(yūn)：烟云、水汽很盛的样子。

⑫ 摘山时：指在山上采茶的时候。

⑬ 指下春：亲手摘下的春茶。

⑭ 泛轻花：茶汤上浮着的一层泡沫，如花一般。

唐宋饮茶法

唐宋时代的饮茶，乃茶末与茶汤同饮，饮后不留余渣。至于烹茶法，元明以前有两种：其一煎茶；其二点茶。煎茶盛行于唐，陆羽《茶经》载其法最详。两宋盛行点茶，蔡襄的《茶录》和宋徽宗的《大观茶论》乃介绍点茶法经典著作。当然点茶盛行的同时，传统的煎茶之习也未衰落，不过依时间、地点、茶品、饮茶之人的不同，而选择不同的方式。

大云寺[1]茶诗

吕岩

玉蕊[2]一枪[3]称绝品，僧家造法[4]极功夫。
兔毛瓯[5]浅香云白[6]，虾眼[7]汤翻细浪俱。
断送睡魔离几席，增添清气入肌肤。
幽丛[8]自落溪岩外，不肯移根入上都。

【茶韵诗情】

吕岩，相传其为八仙之一，字洞宾，号纯阳子，相传他曾遇见钟离权，钟离传授丹诀，吕苦心修炼，于是得道。这是一首以茶明志的诗，诗人先是赞扬了大云寺茶的精绝："一枪玉蕊"已堪称绝品，再加上寺里僧人制茶功夫极高，这茶就更是妙不可言了。接着描写了茶煮好以后色香味俱佳，茶瓯也是最珍贵的兔毛瓯。又写了这茶真是好茶，饮用之后功效奇佳，可以"断送睡魔离几席"，更能使人"增添清气入肌肤"。最后诗人借茶咏志，也要像这茶一样，宁愿自由自在地生长在溪岩上，也不肯移根入皇都。

【茶韵品析】

① 大云寺：寺院名，在山东益都县(今山东省益都市)云门山麓。

② 玉蕊：指青绿色茶芽美如碧玉。

③ 一枪：茶芽未伸展开称“枪”，顶芽只有一个，故称“一枪”。

④ 僧家造法：指大云寺僧人制茶的方法。

⑤ 兔毛瓯：指兔毫盏，古代著名茶瓯。

⑥ 香云白：茶汤色似白云，溢出香味。

⑦ 虾眼：煮茶水初沸时汤面呈现虾眼状。

⑧ 幽丛：指茶树丛。

兔毛瓯

兔毛瓯即兔毫盏，是建盏中最珍贵的品种，专用作贡品，产于福建的建安(今福建省建瓯市)，为黑釉瓷。据记载，这种茶瓯，创于北宋，盛于南宋，衰于元末，没于明初，故唐时未有。

煮茶

皮日休

香泉一合乳[1]，煎作连珠沸[2]。
时着蟹目溅[3]，乍见鱼鳞起[4]。
声疑松带雨，饽[5]恐生烟翠。
倘把沥[6]中山[7]，必无千日醉。

【茶韵诗情】

这首诗是皮日休组诗《茶中杂咏》的最后一首。诗人形象地描写了整个煮茶的过程和茶的色、香、味。诗人用最好的泉水加上茶的嫩芽放在一起煮，刚煮开的时候，茶汤翻腾起的水泡像一串串的珠子；再煮，溅起的水珠就像蟹眼了，涌起的波纹像鱼鳞一样。茶汤汩汩沸腾的声音像雨水打在松树上一样，翠绿色的浮沫也如烟霞一般美丽。最后则写茶之功效的神奇，如果把这茶汤给饮了中山酒的人喝了，长醉千日之说就不会有了。

【茶韵品析】

① 一合乳：把泉水和嫩茶芽放在一起煮。

② 连珠沸：茶汤煮沸时，呈现出一串串的水珠。

③ 蟹目溅：茶汤煮到沸腾时，水珠好像蟹眼一样。

④ 鱼鳞起：茶汤沸腾时泛起鱼鳞似的水波。

⑤ 饽(bō)：茶汤上的浮沫。

⑥ 沥：液体渗出或使之渗出。

⑦ 中山：相传中山国人能酿美酒，名叫“千日醉”，人饮后会醉千日。

点茶

宋代盛行点茶法，此法为宋代斗茶所用，茶人自吃也用此法。先将茶饼碾碎，置碗中待用。以釜烧水，微沸初漾时即冲点入碗。水冲入茶碗中时，需以茶筅用力击打，就会慢慢出现泡沫。茶的优劣，以沫饽出现是否快、水纹露出是否慢来评定。沫饽洁白、水脚晚露而不散者为上。因茶乳融合，水质浓稠，饮下去盏中胶着不干，称为“咬盏”。茶人以此较胜负，胜者如将士凯旋，败者如降将垂首。点茶法直到元代尚盛行，只是不用茶饼，而直接用备好的茶叶碾成末。

茶焙

陆龟蒙

左右[①]捣凝膏[②]，朝昏布烟缕。

方圆随样拍，次第依层取[③]。

山谣[④]纵高下，火候还文武[⑤]。

见说焙前人，时时炙花脯[⑤]。

【茶韵诗情】

本诗详细地描写了焙茶的过程，特别强调了火候是焙茶的关键，并形象地描写茶人在茶焙里加工茶叶的情形：茶叶要经过不停地捣，然后再从早到晚用布包裹着熏蒸，熏蒸过程中冒出袅袅青烟。熏蒸过后要围绕着茶叶进行拍茶，拍好茶叶后，按照一定的顺序和层次放置茶叶。茶人纵声高歌，山歌的曲调时高时低，焙茶的火候也有文火和武火的区别。这些都是焙茶人一代代传下来的经验，这些经验，可以随时用来熏制好的茶叶。最后还特写一笔：茶

人除焙茶外，还时不时烘一些干花。诗人以形象的笔墨，艺术地描绘了焙茶的工艺。

【茶韵品析】

① 左右：指在茶焙前捣茶叶的人。

② 凝膏：茶叶经捶捣之后，茶汁凝在茶叶的表面。

③ 依层取：按(茶叶烘干程度的)顺序一层一层地取。陆羽《茶经·二之具》："棚，一曰栈，以木构于焙上，编木两层，高一尺，以焙茶也。茶之半干，升下棚；全干，升上层。"

④ 山谣：山歌。

⑤ 文武：火力强大者为武火，弱小者为文火。

⑥ 脯(fǔ)：这里指烘干的花。

茶文化小百科

焙茶

焙茶即用温火烘茶，古代制茶技术。焙茶是为了再次清除茶叶中的水分，以便更好地贮存。这是古人采用寓贮于焙、既贮又焙的科学制茶方法。在陆羽的《茶经》中曾谈到，唐代烘焙茶叶的工具叫“育”，是“以木制之，以竹编之，以纸糊之”。宋代焙茶的工具称“茶焙”。茶焙用竹编制而成，外面裹以竹叶，其形状和唐时的“育”大致相同。宋代焙茶时还要用焙篓和火炉。焙好的茶饼则存于“漆器中缄藏之”，以保持茶色常新。

煮茶

晏殊

稽山[①]新茗绿如烟[②]，静挈[③]都篮[④]煮惠泉。

未向人间杀风景[⑤]，更持醪醑[⑥]醉花前。

【茶韵诗情】

晏殊，字同叔，抚州临川(今江西省进贤县)人。晏殊以词著称于文坛，尤擅小令，其作品风格含蓄婉丽，与其子晏几道并称为“大晏”和“小晏”，又与欧阳修并称“晏欧”。

本诗写了会稽山日铸茶茶树颜色鲜绿，如烟如雾，诗人带着煮茶用具，用名泉惠泉的水来煮茶。诗人同时饮酒、赏花、赋诗，也不管人们所说的对花饮茶是大煞风景之事了。此诗体现了诗人的豪放潇洒。

【茶韵品析】

① 稽山：即会稽山，在浙江省绍兴市东南，其所属日铸岭产名茶——日铸茶。

② 绿如烟：指山上的茶树一片新绿，远远看去如烟如雾。

③ 挈：提着。

④ 都篮：用来盛放各种茶具的器物，用竹篾编成。

⑤ 杀风景：即煞风景，比喻败坏兴致。

⑥ 醪(láo)醑(xǔ)：泛指酒。

汲江煎茶

苏轼

活水[①]还须活火[②]烹，自临[③]钓石[④]取深清[⑤]。
大瓢贮月[⑥]归春瓮[⑦]，小勺分江入夜瓶。
雪乳[⑧]已翻煎处脚[⑨]，松风[⑩]忽作泻时声。
枯肠未易禁三碗，坐听荒城[⑪]长短更[⑫]。

[茶韵诗情]

苏轼，字子瞻，又字和仲，号东坡居士，世称苏东坡、苏仙，眉州眉山(今属四川省眉山市)人，北宋文学家、书法家、画家。苏轼是北宋中期的文坛领袖，在诗、词、散文、书、画等方面取得了很高的成就。其文纵横恣肆；其诗题材广阔，清新豪放，善用夸张比喻，独具风格，与黄庭坚并称“苏黄”。苏轼一生宦海浮沉，奔走四方，生活阅历极为丰富。他善于从人生遭遇中总结经验，也善于从客观事物中发现规律。在他眼中，极平常的生活内容和自然景物都蕴含着深刻的道理。苏轼的创造性活动不局限于文学，对医药、烹饪、水利等方面也有所贡献。苏轼的咏茶诗也独具特色，刻画细致，道理深刻。

诗人先是描述了活火和活水对于好茶的重要性，非活水则不能发其鲜馥，自己取水，而且水要清。清的要旨：要深处取；取石下之水，因为没有泥土；先用大瓢取，而且要在月夜，水更清湛，取出先放入大瓮，再用小勺轻轻舀出注入小的净瓶，这样的水就是至清了。接着诗人又描绘了煮茶的细节：先是乳白色的茶汤从茶铛的边缘处沸腾起来，马上茶汤整个都沸腾起来，发出像风过松林一样的声音。茶煮好了，诗人一口气就饮了三碗。最后诗人代入了自己的情绪：饮着活水活火烹的好茶，气定神闲地听着这边城的打更声，再不会被那官场沉浮和凡尘琐事所烦扰了。

[茶韵品析]

① 活水：流动着的水。

② 活火，指有火焰的火。

③ 自临：亲自。

④ 钓石：钓鱼的岩石。

⑤ 取深清：取江水深处清洁的水。

⑥ 贮月：用大瓢舀江水，月亮映在瓢中。

⑦ 春瓮：春指酒，原指贮酒的瓮，此指盛水的瓮。

⑧ 雪乳：雪白如乳的茶汤。

⑨ 煎处脚：煎茶容器的四边。

⑩ 松风：茶汤沸腾到高潮，急速翻滚时，忽然发出像风过松林

一样的声响。

⑪ 荒城：荒凉僻远之城。

⑫ 长短更：旧时打更声有长有短。

煎茶

按陆羽《茶经》所述，在煎茶前，为了将茶饼碾碎，就得烤茶，即用高温“持以逼火”，并且经常翻动，烤到茶饼呈“蛤蟆背”状时为适度。烤好的茶要趁热包好，以免香气散失。待茶饼冷却再研成细末。煎茶需用风炉和釜作烧水器具，以木炭和硬柴作燃料，再加鲜活山水煎煮。煮茶时，当烧到水有“鱼目”气泡，“微有声”，即“一沸”时，加适量的盐调味，并除去浮在表面、状似黑云母的水膜；接着继续烧到水边缘气泡如涌泉连珠，即“二沸”时，先在釜中舀出一瓢水，再用竹筴在沸水中边搅边投入碾好的茶末；如此烧到釜中的茶汤气泡如“腾波鼓浪”，即“三沸”时，加进“二沸”时舀出的那瓢水，使沸腾暂时停止，以“育其华”。这样，茶汤就算煎好了。

戏答①荆州王克道烹茶四首(其一)

黄庭坚

龙焙②东风③鱼眼④汤，个中即是白云乡⑤。
更煎双井⑥苍鹰爪⑦，始耐落花春日长。

【茶韵诗情】

黄庭坚，字鲁直，号山谷道人，晚号涪翁，洪州分宁(今江西省九江市修水县)人，北宋著名文学家、书法家，乃盛极一时的江西诗派的开山之祖，与杜甫、陈师道和陈与义素有“一祖三宗”(黄庭坚为其中一宗)之称。他与张耒、晁补之、秦观都游学于苏轼门下，合称为“苏门四学士”，生前与苏轼齐名，世称“苏黄”。黄庭坚写了很多脍炙人口的茶诗。在此诗中诗人先是描写了龙焙贡茶在茶焙里煎制时茶汤沸如鱼眼(说明是好茶)，喝了龙焙贡茶之后，仿佛身处仙乡。接着又煎了状如苍鹰爪的双井茶来喝，这个茶味道更好，喝了之后就连暮春三月的长日也不觉得长了。

【茶韵品析】

① 戏答：随意开玩笑而答。

② 龙焙：原指专制贡茶的场所，此指贡茶。

③ 东风：春风。

④ 鱼眼：煎茶煎至恰到好处时茶汤面上冒出的像鱼眼的小水泡。

⑤ 白云乡：传说中仙人居住的地方。

⑥ 双井：即双井茶。

⑦ 苍鹰爪：指嫩茶，形如鹰爪。

三游洞前岩下小潭水甚奇采以煎茶

陆游

苔径[①]芒鞋[②]滑不妨，潭边聊得据胡床[③]。
岩空倒看峰峦影，涧远中含药草香。
汲取满瓶牛乳白，分流触石佩[④]声长。
囊中日铸[⑤]传天下，不是名泉不合尝。

【茶韵诗情】

陆游，字务观，号放翁，越州山阴(今浙江省绍兴市)人，尚书右丞陆佃之孙，南宋文学家、史学家、爱国诗人。陆游一生笔耕不辍，诗、词、文俱有很高成就，其诗语言平易晓畅、章法整饬谨严，兼具李白的雄奇奔放与杜甫的沉郁悲凉，尤以饱含爱国热情对后世影响深远。陆游晚年蛰居故乡山阴后，诗风趋向质朴而沉实，表现出一种清旷淡远的田园风味，并不时流露出对苍凉人生的感慨。

本诗体现了陆游朴实淡雅的诗风。诗人描写自己穿着草鞋沿着长满青苔的小路，来到小潭边，坐在小凳上看着峰峦倒映在潭水中，闻着涧中药草的香味。诗人随身带着日铸茶，从潭中取出像牛乳一样的泉水，泉水击在石头上发出的叮咚声非常美妙，像玉佩相击之声，只有这样的名泉水才配得上日铸这样天下闻名的好茶啊。整首诗反映了诗人畅然山水间的恬淡心态。

【茶韵品析】

① 苔径：生满青苔的小路。

② 芒鞋：草鞋。

③ 胡床：原为可折叠便于携带的小凳子，后演变为交椅。

④ 佩：古人挂在腰间衣带上的装饰玉佩。

⑤ 日铸：名茶日铸茶。

茶文化小百科

日铸茶

日铸茶是我国历史名茶之一，又名“日注茶”“日铸雪芽”，产于绍兴市东南五十里的会稽山日铸岭，以御茶湾采出的茶叶制成的日铸茶为极品。早在唐朝，勤劳智慧的山阴（绍兴）人就首先改变蒸青的茶叶制作方法，创新性地使用了炒青这一制作方法，生产出来的日铸茶广受欢迎。这一方面推进了日铸茶的兴起，另一方面，推动了一种新的制茶方法在世上的传播。日铸茶条索细紧，略钩曲，形似鹰爪，银毫显露，滋味鲜醇，香气清香持久，汤色明黄，别有风韵。

煮茗轩[1]

谢应芳

聚蚊金谷[2]任荤膻[3]，煮茶留人也自贤[4]。
三百小团阳羡月[5]，寻常新汲惠山泉。
星飞[6]白石童敲火，烟出青林鹤上天。
午梦觉来汤欲沸，松风[7]初响竹炉边。

【茶韵诗情】

谢应芳，字子兰，号龟巢，常州武进（今属江苏）人，元末明初学者。他自幼钻研理学，隐居白鹤溪上，名其室为“龟巢”，因以为号。他授徒讲学，议论必关世教，导人为善，其诗文雅丽蕴藉。本诗开篇就用对比的手法夸奖朋友的煮茗轩要比石崇建的金谷园清雅脱俗，留在这里喝茶的客人自然也感觉自己超尘脱俗了。主人用“天下第二泉”的惠山泉水和最珍贵的贡茶阳羡团茶来煮茶。诗人形象的描写使茶童敲白石取火，火星四溅，仙鹤伴着青烟直上云端的画面跃然纸上。在主人的煮茗轩里一觉醒来，茶汤也煮得恰到好处，刚刚泛起茶花，翻腾的声音像风吹过松林，为我们描绘了一幅悠然自得的午后饮茶图。

【茶韵品析】

① 煮茗轩：茶室名。

② 金谷：指金谷园，西晋石崇所建，在今河南省洛阳市。

③ 荤膻(shān)：指姜葱鱼肉之类的气味。

④ 自贤：自然是贤者，指留在煮茗轩饮茶的人不同于在金谷园吃喝玩乐的俗人。

⑤ 阳羡月：即阳羡茶。

⑥ 星飞：形容敲白石取火，火星飞溅。

⑦ 松风：形容茶汤煮沸时发出的声响似风吹过松林发出的声音。

煎茶

文徵明

嫩汤[1]自候[2]鱼眼生[3]，新茗还夸翠展旗[4]。
谷雨[5]江南佳节近，惠山泉下小船归。
山人[6]纱帽笼头[7]处，禅榻风花绕鬓飞[8]。
酒客不通尘梦醒，卧看春日下松扉。

【茶韵诗情】

文徵明，原名壁（或作璧），字徵明，号衡山居士，长州（今江苏省苏州市）人，明代杰出的画家、书法家、文学家。文徵明的艺术造诣极为全面，诗、文、书、画无一不精，人称是“四绝”的全才，诗宗白居易、苏轼，文受业于吴宽，学书于李应祯，学画于沈周。其与沈周共创吴派。在画史上与沈周、唐寅、仇英合称“明四家”。在诗文上，与祝允明、唐寅、徐祯卿 并称“吴中四才子”。在本诗中诗人生动地描写了他亲自煎茶，而且煎的茶汤嫩滑，用的是最好的

雨前茶，是嫩芽刚刚长成新叶时从江南的山上采下后马上用小船运过来的。茶一运到，诗人便迫不及待地自煎自饮起来。在禅榻旁，茶烟飘起，落花纷飞，两鬓斑白的老人在煎茶，他不似陷入俗事的醉酒之人，而是恬淡超然地在春日里卧看日照松扉，置身于世外。这首诗表现了诗人的超然物外、饮茶自乐的闲适生活。

【茶韵品析】

① 嫩汤：刚刚沸腾的茶汤。

② 自候：亲自掌握煎茶的火候。

③ 鱼眼生：茶汤沸腾时表面冒出像鱼眼一样的小气泡。

④ 翠展旗：翠绿色的茶芽伸展开为茶叶。

⑤ 谷雨：农历二十四节气之一，在每年农历的三月上旬。

⑥ 山人：隐居山野之人，即隐士。

⑦ 纱帽笼头：借用唐人卢仝在《走笔谢孟谏议寄新茶》诗中的“柴门反关无俗客，纱帽蒙头自煎吃”。

⑧ 禅榻风花绕鬓飞：借用唐代诗人杜牧《题禅院》诗中“今日鬓丝禅榻畔，茶烟轻飏落花风”。

茶图

历代以茶为主题的画作有千余幅。唐代有周昉的《调琴啜茗图卷》、阎立本的《萧翼赚兰亭图》等。宋代和辽代有墓室壁画《煮茶图》《点茶图》《奉茶图》《茶道图》等，还有宋徽宗赵佶的《文会图》、审安老人的《茶具图赞》、刘松年的《撵茶图》、钱选的《卢仝煮茶图》、赵原的《陆羽烹茶图》。元代有赵孟頫的《斗茶图》、墓室壁画《点茶图》等。明代有仇英的《试茗图》、唐寅的《事茗图》、文徵明的《松下品茗图》。清代有汪士慎的《墨梅茶熟图》、金农的《玉川先生煎茶图》、黄慎的《采茶图》、薛怀的《山窗清供图》、虚谷的《茶壶秋菊》等。

品茶诗

叹息老来交旧尽，睡来谁共午瓯茶。

——陆游

尝茶

刘禹锡

生拍[1]芳丛鹰嘴芽[2]，老郎[3]封寄谪仙[4]家。
今宵更有湘江[5]月，照出菲菲[6]满碗花[7]。

【茶韵诗情】

刘禹锡，字梦得，河南省洛阳人，唐朝文学家、哲学家，有“诗豪”之称。刘禹锡诗文俱佳，涉猎题材广泛，与柳宗元并称“刘柳”，与韦应物、白居易合称“三杰”，并与白居易合称“刘白”，有《陋室铭》《竹枝词》《杨柳枝词》《乌衣巷》等名篇。这首诗写诗人接到郎士元寄来的新嫩饼茶后，当晚就开始煮起来，在月夜的湘江之滨饮起新茶，月光照出满碗茶沫，茶香味也特别浓郁。

【茶韵品析】

① 拍：制作茶饼的一道工序。将蒸煮舂捣后的茶坯放进模具内拍压，使之成型。

② 鹰嘴芽：嫩茶芽形似鹰嘴。

③ 老郎：指朗士元，“大历十才子”之一。

④ 谪仙：这里是刘禹锡自称。

⑤ 湘江：湖南省内最大河流，也叫湘水。当时诗人在朗州(今湖南省常德市)任上，故以湘江月为吟咏对象。

⑥ 菲菲：香气很盛。

⑦ 花：这里指茶汤上的浮沫。

琴茶

白居易

兀兀[①]寄形[②]群动[③]内，陶陶[④]任性一生间。

自抛官后春多醉，不读书来老更闲。

琴里知闻唯《渌水》[⑤]，茶中故旧是蒙山[⑥]。

穷通行止[⑦]长相伴，谁道吾今无往还？

【茶韵诗情】

白居易，字乐天，号香山居士，又号醉吟先生，是唐代杰出的现实主义诗人。白居易的诗歌题材广泛，形式多样，语言平易通俗，有“诗魔”和“诗王”之称。白居易用“琴”“茶”双咏的形式，借琴、茶之灵性以喻“君子陶陶”尚德之风范。“穷通行止长相伴”一句表达了诗人无论是仕途之穷，归隐独善其身之时，抑或仕途畅达，济天下苍氓之日，都喜欢与琴、茶相伴，“任性一生”，陶陶然，何其通达。一直到诗人晚年，他对琴、茶的喜爱依然如故，因“不读书来老更闲”，故常一曲古琴、一杯香茗。诗人品的是蒙山茶，弹的是《渌水》，其悠然自得的神态跃然纸上。

【茶韵品析】

① 兀兀(wù)：极度劳碌的样子。

② 寄形：指寄托形骸，即人生。

③ 群动：指人类社会的各种活动。

④ 陶陶：欢乐的样子。

⑤《渌水》：古曲名。

⑥ 蒙山：指蒙顶茶。

⑦ 穷通行止：穷，穷困、事业不畅；通，通达、顺利，仕途畅达；行，出来在社会上参与各种活动，治理天下；止，退隐，独善其身。

茶文化小百科

琴与茶

古代文人立身七艺：琴棋书画诗酒茶。弹奏古琴，品味佳茗，从不同侧面体现出人们对国学的修养和感悟。古人将“松声、涧声、虫声、鹤声、琴声、棋声、雨滴阶声、雪洒窗声、煎茶声”列为最清音。而空庭、台榭、山石、林木、一池春水、三曲回廊之境，或琴、或箫、或锦瑟，清音入耳，色形可心，此际最宜于茶。既具茶“清、和”之意，又得茶“空、真”之情，竟起兴诗人之幽思，故此时琴、茶于诗最是相得益彰。

唐宋著名文人多是著名的琴家和茶人。北宋梅尧臣诗云：“弹琴阅古画，煮茗仍有期。”洪适诗云：“煮茗对清话，异琴好知音。”南宋大诗人陆游诗云：“玩易焚香消昼永，听琴煮茗送残春。”琴、茶之为用，得之于静；琴、茶之奥妙，主要在韵。是故识琴韵者，互为知音；识茶韵者，号为茶人。

西陵[1]道士茶歌

温庭筠

乳窦[2]溅溅[3]通石脉[4]，绿尘[5]愁草[6]春江色[7]。
涧花[8]入井水味香，山月当人[9]松影直。
仙翁[10]白扇霜鸟[11]翎，拂坛夜读《黄庭经》[12]。
疏香[13]皓齿有余味，更觉鹤心通杳冥[14]。

【茶韵诗情】

温庭筠，原名歧，字飞卿，并州祁县（今山西省晋中市祁县）人，唐代诗人、词人。其诗词辞藻华丽，风格浓艳。温庭筠对品茶也深有体悟，曾著《采茶录》一书。他的《西陵道士茶歌》就是这样一首描写西陵道士品茶读经的诗。这首诗先描写了西陵道士所处的周围环境是多么清幽，清泉在钟乳石山洞里汩汩涌流，一抹绿茶映出春色，山涧之泉令茶香隽永，山月宜人，松影幢幢，道士手执白羽扇走上法坛，一边煮茶、饮茶，一边读《黄庭经》。这样的情景怎能不令读者、观者神思飘荡，五内俱轻？

【茶韵品析】

① 西陵：位于湖北省宜昌市西北的西陵峡。

② 乳窦：布满钟乳石的山洞。

③ 溅溅：水流飞溅的样子。

④ 石脉：石洞中可以通水的脉络。

⑤ 绿尘：碾成粉末状的茶叶。

⑥ 愁草：即春草，人见春草而感怀发愁，因此称春草为愁草。这里的愁草指茶叶。

⑦ 春江色：指茶叶绿如春江水色。

⑧ 涧花：生长在山涧边的花草。

⑨ 当人：宜人。

⑩ 仙翁：西陵道士自称。

⑪ 霜鸟：白鸟。

⑫《黄庭经》：道教经名，全称《太上黄庭内景经》《太上黄庭外景经》，是七言歌诀，讲述修炼的道理。

⑬ 疏香：茶叶的清淡香味。

⑭ 杳(yǎo) 冥：幽暗深远的地方。

尝茶

齐己

石屋晚烟生，松窗铁碾[①]声。
因留来客试，共说寄僧[②]名。
味击[③]诗魔[④]乱[⑤]，香搜[⑥]睡思轻。
春风雪川[⑦]上，忆傍绿丛[⑧]行。

【茶韵诗情】

齐己，本姓胡，名得生，生卒年不详，益阳(今湖南省益阳市)人。唐末五代诗僧，自号衡岳沙门，工诗，颈有赘瘤，时人号为“诗囊”。本诗的开头四句写诗人留客碾茶、煎茶、饮茶、品茶并且一起谈起其他寺院僧人的情景。接着说茶的功效非常大，它能把诗人喷涌而出的诗意理顺，它的醇香能帮诗人赶走睡意。最后诗人和客人又一起回忆起霅溪边上郁郁葱葱的茶园，回忆起他们结伴相游的情景。这首诗里描绘的尝新茶会友也是茶人的雅趣之一。

【茶韵品析】

① 铁碾：碾茶叶用具。

② 寄僧：指寄住在其他寺院里的僧人。

③ 击：袭击。

④ 诗魔：极度嗜好作诗的人。

⑤ 乱：治理。

⑥ 搜：清除。

⑦ 霅(zhà)川：水名，又名霅溪，在浙江省吴兴县南。

⑧ 绿丛：指绿色茶丛，喻指茶园。

尝茶和公仪[①]

梅尧臣

都篮[②]携具上都堂[③]，碾破云团北焙[④]香。
汤嫩水轻花[⑤]不散[⑥]，口甘神爽味偏长。
莫夸李白仙人掌[⑦]，且作卢仝走笔章[⑧]。
亦欲清风生两腋，从教吹去月轮旁。

【茶韵诗情】

梅尧臣，字圣俞，世称宛陵先生，宣州宣城(今安徽省宣城市宣州区)人。北宋著名现实主义诗人。诗人赞扬北苑龙凤团茶的美好，碾成茶末即已十分芳香，煮出的茶汤特别浓，其泡沫久聚不散，喝了之后，“口甘神爽味偏长”。最后用对比手法，说龙凤团茶堪与仙人掌茶、阳羡茶相媲美。还要像卢仝赞美阳羡茶一样，写一首诗赞美北苑茶。最后一句从卢仝诗句“七碗吃不得，唯觉两腋习习清风生”引申出喝了好茶之后，感觉两腋生风，就像要飞升到月亮上去一样。这首诗通过引用李白、卢仝的诗句表达了品北苑龙凤团茶后神清气爽的感觉。

【茶韵品析】

① 公仪：梅挚，字公仪。

② 都篮：茶器，用来装各种茶具，用竹篾编成。

③ 都堂：官署名。

④ 云团北焙：指北苑龙凤团茶。

⑤ 花：指茶汤的泡沫。

⑥ 不散：指茶汤浓，故轻细的泡沫久聚不散。

⑦ 仙人掌：即仙人掌茶。

⑧ 卢仝走笔章：指卢仝《走笔谢孟谏议寄新茶》诗，该诗盛赞阳羡茶。

仙人掌茶

仙人掌茶，又名玉泉仙人掌，产自湖北省当阳市玉泉山麓玉泉寺一带，为扁形蒸青绿茶，至今已有1200多年的历史。据查，仙人掌茶的创制者是玉泉寺的中孚禅师，中孚禅师俗姓李，是唐代著名诗人李白的族侄。中孚禅师曾将此茶献予李白，李白品尝后，觉得此茶清香滑熟，因其状如掌，取名玉泉仙人掌茶，并作诗一首，从此，玉泉仙人掌茶声名大振。仙人掌茶外形扁平似掌指，色泽翠绿，白毫披露。冲泡后，芽叶舒展，嫩绿成朵，汤色清澈明亮，清香淡雅，滋味鲜醇，回味甘甜。

和梅公仪[1]尝建茶[2]

欧阳修

溪山[3]击鼓[4]助雷惊，逗晓[5]灵芽[6]发翠茎。
摘处两旗香可爱，贡来双凤[7]品尤精。
寒侵病骨惟思睡，花落春愁未解酲[8]。
喜共紫瓯[9]吟且酌，羡君潇洒有余清。

【茶韵诗情】

欧阳修，字永叔，号醉翁，晚号六一居士，吉州永丰(今江西省吉安市永丰县)人，北宋政治家、文学家。与韩愈、柳宗元、苏洵、苏轼、苏辙、王安石、曾巩合称“唐宋八大家”，并与韩愈、柳宗元、苏轼被后人合称“千古文章四大家”。欧阳修是在宋代文学史上最早开创一代文风的文坛领袖，领导了北宋诗文革新运动。欧阳修在变革文风的同时，也对诗风进行了革新。他重视韩愈诗歌的特点，并提出了“诗穷而后工”的诗歌理论。他的诗更贴近现实，注

重生活本身。

诗中描写在绿肥红瘦的暮春时节，抱病的诗人犹感寒冷彻骨，于是饮酒御寒，以致沉醉不醒。幸好喜得建茶，与梅公仪用紫瓯共尝，边饮茶边吟诗。诗人为公仪的潇洒风度所感染，自己也感到浑身清爽。而他们喝的茶正是大名鼎鼎的建溪北苑贡茶——建茶。采建茶的时候茶农击鼓呐喊催促茶树发芽展叶，在天亮的时候采摘刚刚伸展两叶的嫩芽制茶，这样的茶精美绝伦，怎能不令诗人酒醒而神清气爽呢？

【茶韵品析】

① 梅公仪：梅挚，字公仪。

② 建茶：建溪产的茶，为贡茶名品。

③ 溪山：建溪周围的山。

④ 击鼓：击鼓是一种古代习俗。摘采贡茶时，在山间聚众击鼓呐喊代替雷声，以惊醒茶树，催促其发芽。

⑤ 逗晓：即天亮。

⑥ 灵芽：即茶芽。

⑦ 双凤：指包装好的进贡团茶上印有双凤的图案。

⑧ 酲(chéng)：喝醉了神志不清。

⑨ 紫瓯：亦名紫盏，宋代黑釉茶盏的别名。

北苑贡茶

“建茶”“建茗”是北苑贡茶的泛称。早在汉代就有“建溪芽”，因产于福建建溪流域而得名，唐末已成为贡品。北苑贡茶造型美观，精品迭出。其形态有方形、圆形、圭形、花叶形等；印模上有龙腾凤翔图等，且图文并茂。主要精品有小龙团、密云龙、瑞云翔龙、白茶、龙团胜雪。时人慨叹：“采择之精，制作之工，品第之胜，烹点之妙，莫不胜造其极。”

尝新茶

曾巩

麦粒[1]收来品绝伦，葵花[2]制出样争新。
一杯永日[3]醒双眼[4]，草木英华[5]信有神。

【茶韵诗情】

曾巩，字子固，建昌南丰(今江西省南丰县)人。北宋著名文学家，“唐宋八大家”之一。诗人用短短一首七绝，写出所尝新茶极细嫩，品格绝伦，花色品种新颖，功效神奇。饮一杯即“永日醒双眼”，这里的葵花团茶功效神奇，所以让作者感叹这茶就是世间的百草精华，竟然有这样的神韵。这首品茶诗主要是从茶的功效方面进行描述的。

【茶韵品析】

① 麦粒：指茶芽十分细嫩，如麦粒大小。北宋沈括《梦溪笔谈》中有："茶芽，古人谓之雀舌、麦粒，言其至嫩也。"

② 葵花：龙凤团茶的一个品种。

③ 永日：整日、全日。

④ 醒双眼：神清目明，清醒。

⑤ 草木英华：指百草中的精华，即茶。

隋唐茶文化

茶在隋唐之前都是药用，在隋朝全民普遍饮茶，也多是认为对身体有益。隋朝初步形成了中国茶文化。780年，陆羽著《茶经》，把隋、唐茶文化进行了总结，《茶经》概括了茶的自然科学和人文科学双重内容，探讨了饮茶艺术，把儒、道、佛融入饮茶中，首创中国茶道精神。隋唐以后又出现大量茶书、茶诗，有《茶述》《煎茶水记》《采茶记》《十六汤品》等。唐代茶文化的形成与禅教的兴起有关，因茶有提神益思、生津止渴功能，故寺庙崇尚饮茶，在寺院周围植茶树，制定茶礼、设茶堂、选茶头，进行茶事活动。在儒、释、道思想等传统文化的影响下，我国的茶文化初步形成，大致分为三类：修行类、风雅类和茶艺类。

次韵曹辅寄壑源[1]试焙新茶

苏轼

仙山[2]灵草[3]湿云行[4]，洗遍[5]香肌[6]粉末匀[7]。
明月来投玉川子[8]，清风吹破武林[9]春。
要知冰雪[10]心肠好，不是膏油[11]首面新。
戏作小诗君一笑，从来佳茗似佳人。

【茶韵诗情】

苏轼对品茶、烹茶、种茶等非常熟悉，他精通茶道，具有广博的茶文化知识。此诗用大部分笔墨写壑源龙凤茶的极度之佳美：茶是灵草，是玉雪，似佳人；“洗遍香肌”就像佳人匀施脂粉，美艳迷人；她“心肠好”，不靠膏油粉饰，出自天然。“明月”指圆似月亮的壑源龙凤团茶。玉川子，指唐人卢仝，号玉川子。这里诗人自比玉川子。写此诗时，苏轼在杭州任太守，当曹辅把龙凤团茶送给他时，送来的香茶就像一股清风使诗人感到春风都来到了杭州。而最后的一句“从来佳茗似佳人”更成了千古传颂的名句。

【茶韵品析】

① 壑源：地名，在北苑，为北苑贡茶——龙凤团茶的主要产地。

② 仙山：即茶山。

③ 灵草：喻指茶芽。

④ 湿云行：是说飘浮着的湿云润泽着茶芽。

⑤ 洗遍：加工茶芽时要经过洗涤。

⑥ 香肌：喻指茶芽。

⑦ 粉末匀：指洗茶像在脸上涂脂粉一样均匀。

⑧ 玉川子：唐人卢仝，号玉川子。

⑨ 武林：杭州的别称。

⑩ 冰雪：比喻极为洁白纯净之物，这里指不涂油膏的芽茶。

⑪ 膏油：指涂在团茶表面上的膏油。

西域从王君玉乞茶因其韵七首(其三)

耶律楚材

高人惠我岭南茶[1]，烂赏飞花雪没车。
玉屑[2]三瓯烹嫩蕊，青旗[3]一叶碾新芽。
顿令衰叟诗魂爽，便觉红尘客梦赊[4]。
两腋清风生坐榻[5]，幽欢远胜泛流霞[6]。

【茶韵诗情】

耶律楚材，字晋卿，号玉泉老人，又号湛然居士，契丹人，辽国皇族子孙，曾在成吉思汗时期任中书令(宰相)。他酷爱诗歌，写过不少诗作，有《湛然居士集》等。诗人于公元1219年随成吉思汗西征，在西域他与王君玉、丘处机、郑师真、李世昌等人交往较多，从他们的交游及诗文作品中我们可以看到汉文化在当时西域传播较广，其中饮茶文化也得到了推广。本诗作于公元1222年，耶律楚材虽然远征万里，可还带着万里之外高人送的岭南茶。在西域的漫天飞雪中饮一壶岭南新茶，怎不感叹万里征程客，红尘一梦赊！这茶远胜过美酒，让诗人顿感两腋生风，清欢无限。

【茶韵品析】

① 岭南茶：泛指五岭之南所产之茶。

② 玉屑：指碾碎的茶末。

③ 青旗：指刚由茶芽伸展开来的青绿色茶叶。

④ 赊(shē)：渺茫。

⑤ 两腋清风生坐榻：坐在榻上就觉得两腋生清风，飘飘欲飞。这句诗化用了唐人卢仝《走笔谢孟谏议寄新茶》诗中的诗句：“七碗吃不得也，唯觉两腋习习清风生。”

⑥ 流霞：即美酒。

茗饮

元好问

宿酲[①]未破厌觥船[②]，紫笋[③]分封[④]入晓煎。
槐火[⑤]石泉[⑥]寒食[⑦]后，鬓丝禅榻落花前[⑧]。
一瓯春露[⑨]香能永，万里清风意已便。
邂逅华胥[⑩]犹可到，蓬莱[⑪]未拟向群仙。

【茶韵诗情】

元好问，字裕之，号遗山，世称遗山先生，太原秀容(今山西忻州)人。他是金末至元时期著名文学家、历史学家，是宋金对峙时期北方文学的主要代表、文坛盟主，也是金元之际在文学上承前启后的桥梁，被尊为“北方文雄”“一代文宗”。他擅作诗、文、词、曲，其中以诗作成就最高，编有金代诗歌总集《中州集》，还有《遗山先生全集》。本诗写一夜酒醉后，清晨起来煎紫笋茶解酒。这紫笋茶需用槐木烧火，用石泉水煎，且寒食节后饮来最佳。喝一瓯春茶，就能感到甘甜隽永，余香缭绕，犹如乘着清风到了华胥国、蓬莱山一样令人神清气爽。

【茶韵品析】

① 宿酲(chéng)：一夜醉酒未醒。

② 觥(gōng) 船：觥，古代用兽角做的盛酒器。觥船，容量大的盛酒器。

③ 紫笋：一种著名的贡茶。

④ 分封：打开包裹茶叶的包。

⑤ 槐火：用槐木烧火。

⑥ 石泉：从山石中流出的泉水。

⑦ 寒食：寒食节。

⑧ 鬓丝禅榻落花前：诗人两鬓斑白，在禅床旁、花丛前煮茶。

⑨ 春露：指茶汤如春天的露水一样甘甜。

⑩ 华胥：传说中的理想国度。

⑪ 蓬莱：传说中仙人居住的位于大海之上的神山。

宋代茶文化

宋代，我国茶业已有很大发展，进而推动了茶文化的发展。文人中出现了专业品茶社团，有官员组成的“汤社”、佛教徒的“千人社”等。宋太祖赵匡胤就是一位嗜茶之士，在宫廷设立茶事机关，宫廷用茶已分等级，茶仪已成礼制，赐茶已成为皇帝笼络大臣、眷怀亲族的重要手段。茶还被赐给外国使节。至于下层社会，茶文化更是生机活泼，有人迁徙，邻里要“献茶”；有客来要敬“元宝茶”；定婚时要“下茶”；结婚时要“定茶”；同房时要“合茶”。民间斗茶风起，带来了采、制、烹、点的一系列变化。

名茶诗

小石冷泉留翠味，紫泥新品泛春华。

——梅尧臣

尚书惠蜡面茶[1]

徐夤

武夷[2]春暖月初圆，采摘新芽献地仙[3]。
飞鹊印成香蜡片[4]，啼猿溪走木兰船[5]。
金槽[6]和碾沉香[7]末，冰碗[8]轻涵翠缕烟[9]。
分赠恩深知最异，晚铛宜煮北山泉。

【茶韵诗情】

徐夤（yín），也称徐寅，字昭梦，莆田(今属福建省)人，唐末至五代间较著名的文学家，博学多才，尤擅作赋。此诗是作者为表示对尚书惠赠蜡面茶感谢之情而作的，“分赠恩深知最异”就说明了这个意思。为深表谢意便描写出蜡面茶的珍贵，它是在三月上旬月初圆时采摘的新芽茶，是名贵的雨前(即谷雨前)茶；它经过精心制作，即“飞鹊印成香蜡片”，用木兰船载来；作者非常珍爱这饱含深情的宝贵礼品，所以用金槽碾碎，用北山泉水煮茶，用冰碗盛茶汤。全诗多处运用比喻手法，显得更为具体形象。

【茶韵品析】

① 蜡面茶：即腊茶，古代团茶名。

② 武夷：山名，位于福建武夷山市，所产武夷岩茶(亦称武夷茶、岩茶)很有名。

③ 地仙：原意为道家指住在地上的神仙，后用来比喻闲散享乐无所事事的人，此处为作者自称，意指后者。

④ 香蜡片：即蜡面茶。这句是说在蜡面茶上印有飞鹊的图形。

⑤ 木兰船：指用木兰树为材料制作的船。旧题南朝梁任防《述异记》下：“木兰洲在浔阳江中，多木兰树……七里洲中，有鲁班刻木兰为舟，舟至今在洲。”

⑥ 金槽：指铜制的茶碾。

⑦ 沉香：木名，可作香料，此指茶香。

⑧ 冰碗：即洁白如冰的茶碗。

⑨ 翠缕烟：茶汤里冒出的水汽。

蜡面茶

蜡面茶，产于建州(今福建省建瓯市)，又名腊面茶、腊茶，创制于南唐，并被当作贡茶。因制作时加入香料膏油，烹煎后茶汤面上浮有乳油，像熔蜡似的，故名。宋欧阳修《归田录》卷一："腊茶出于剑建，草茶盛于两浙。"宋沈括《梦溪笔谈·药议》："如腊茶之有滴乳、白乳之品，岂可各是一物?"关于蜡面茶的工艺，元人王祯则说："腊茶最贵，而制作亦不凡；择上等嫩芽，细碾，入罗，杂脑子诸香膏油，调齐如法，印作饼子。制样任巧，候干，仍以香膏油润饰之。此品惟充贡献，民间罕见之。"

龙凤茶[①]

王禹偁

样标[②]龙凤号题新，赐得还因作近臣。
烹处岂期商岭[③]水，碾时空想建溪[④]春。
香于九畹[⑤]芳兰气，圆如三秋皓月轮。
爱惜不尝惟恐尽，除将供养白头亲[⑥]。

【茶韵诗情】

王禹偁（chēng），字元之，济州钜野(今山东省巨野县)人，宋太宗太平兴国八年进士，官累至翰林学士。北宋诗人，有《小畜集》《承明集》等著作。龙凤茶是名贵的贡茶，除皇室外，只有亲信大臣才获赐。王禹偁获赐，万分感动，于是写下了这首诗。开头两句写龙凤茶新出，自己就获得赏赐，是因为自己是近臣。接着写要用名水煎茶，同时想象建溪春天采茶的情景。又写了茶的香气和外形，极力称颂此茶的珍贵。因为太珍贵，所以自己舍不得尝，留下来送给父母。这最后两句还是写龙凤茶的珍贵，同时也表达了诗人对此茶的重视和对父母的孝敬之情。

【茶韵品析】

① 龙凤茶：即龙凤团茶，为北宋名贵的贡茶。产于福建建溪(溪名，为闽江北源)，形状像团饼，上印有龙凤花纹图样，故称龙凤茶、龙团茶或龙凤团茶。

② 样标：龙凤团茶印着新颖的龙凤图形标记。

③ 商岭：即商山。

④ 建溪：建溪是闽江上游三个源头之一，上游有崇阳溪、南浦溪、松溪三大支流，其中崇阳溪与南浦溪在建瓯长源汇合后称为建溪。

⑤ 畹：古代面积单位，三十亩为一畹。

⑥ 白头亲：指父母。

龙凤茶

龙凤茶亦称龙凤团茶，是北宋的贡茶。在北宋初期的太平兴国三年(978年)，宋太宗遣使至建安北苑(今福建省建瓯市东峰镇)，监督制造一种皇家专用的茶，因茶饼上印有龙凤形的纹饰，故称“龙凤团茶”。皇帝用的龙凤茶，茶饼表面的花纹用纯金镂刻而成。随着饮茶方法的变化，龙凤茶逐渐被散茶替代。龙凤团茶制作工艺的精湛绝伦让我们现代人都瞠目结舌。不必说从采、拣、蒸、榨到研、造、焙、藏的大致程序有多烦琐，单单是团茶上的龙凤纹饰的工巧精细就让人叹为观止，古人形容是“龙腾凤翔，栩栩如生”！到徽宗时已改制小龙团，采新茶的尖尖，蒸后“将已拣熟芽再剔去，只取其心一缕，用珍器贮清泉渍之，光明莹洁，若银线然，以制方寸新銙，有小龙蜿蜒其上，号龙园胜雪”。这算是真正的炉火纯青了吧！蔡襄的诗是这样形容的：“糜玉寸阴间，抟成新范里。归呈月正圆，势动龙初起。”这样名冠天下的好茶有一饼在手，也就难怪王禹偁会奉若珍宝了。

颖公遗碧霄峰[①]茗

梅尧臣

到山春已晚，何更有新茶？
峰顶应多雨，天寒始发芽。
采时林狖[②]静，蒸[③]处石泉嘉。
持作衣囊秘[④]，分来五柳家[⑤]。

【茶韵诗情】

本诗描写的是诗人到碧霄峰时已是暮春时节，照常理，不会再有新茶了，但却从隐士家分到新茶，因此觉得特别珍贵，把它藏在衣内，秘不示人。碧霄峰茶为何显得如此珍贵？后文加以说明：峰顶多雨雾，天气寒冷，茶树发芽特别迟，是一种罕有的晚春芽茶。这种茶采摘时间很特别，凌晨，当树林中的猿猴还在熟睡时，采茶人便要开始采茶，这使新鲜采摘的茶不受日晒的损害，保证了茶叶的鲜美；蒸制这种茶叶用的是上佳的石泉水，保证了茶质的嫩绿。整首诗像讲述一个故事般把碧霄峰茶的特点描写得淋漓尽致。

【茶韵品析】

① 碧霄峰：在浙江省乐清市雁荡山。此地自晋代开始产茶，北宋后大规模种植。其茶当时称碧霄峰茶，现称雁茗、雁山茶、雁荡毛峰。

② 狖（yòu）：黑色长尾猿。

③ 蒸：蒸制新茶。

④ 衣囊秘：藏在衣服里。

⑤ 五柳家：指隐士之家。典出晋陶渊明《五柳先生传》：“先生不知何许人也，亦不详其姓字。宅边有五柳树，因以为号焉。”

雁山茶

雁山茶今名雁荡毛峰茶，产于浙江省乐清市境内的雁荡山，是半烘青绿茶中的名茶。雁荡山为括苍山支脉，以山水奇秀闻名，素有“海上名山、天下奇秀”的美誉，是首批国家级重点风景名胜区、世界地质公园。山顶有湖，芦苇丛生如荡，每年秋风起，北雁南飞，常栖息于此，故名雁荡。据《雁山志》载：浙东多茶品，而雁山者称最。雁荡山山高、雾浓、湿度高、温差大，土壤养分丰富，茶树生长特别旺盛，芽肥汁厚，品质优异。

蒙顶茶[1]

文彦博

旧谱[2]最称蒙顶味，
露芽[3]云液[4]胜醍醐[5]。
公家药笼虽多品，
略采甘滋[6]助道腴[7]。

【茶韵诗情】

文彦博，字宽夫，号伊叟，汾州介休(今山西省介休市)人，北宋时期著名政治家、书法家。文彦博历仕仁宗、英宗、神宗、哲宗四朝，出将入相五十年，声名闻于四夷。诗人在这首茶诗里极力称颂蒙顶茶是茶中极品，认为它远远胜过美酒。虽然他见过许多品种的茶，但他还是更喜欢以蒙顶茶来开胃提味。诗人用对比的方法很直接干脆地表达了对蒙顶茶的执着。

【茶韵品析】

① 蒙顶茶：著名贡茶。

② 旧谱：指以前有关茶的诗文作品。

③ 露芽：茶名，原指福州方山的露芽名茶，这里指蒙顶茶。

④ 云液：指茶汤。

⑤ 醍醐：指美酒。

⑥ 甘滋：指蒙顶茶。

⑦ 腴：美味。

蒙顶茶

蒙顶茶是中国传统绿茶之一，产于四川省雅安市名山区蒙顶山。产地常细雨蒙蒙、烟霞满山。这种生态环境，能减弱太阳光直射，使散射光增多，有利于茶叶中含氮物质的形成。蒙顶茶汤色碧清微黄，清澈明亮，滋味鲜爽，回甜浓郁。相传西汉时，甘露普惠妙济大师吴理真，“携灵茗之种，植于五峰之中”。吴理真在上清峰栽了七株茶树，茶树“高不盈尺，不生不灭，迥异寻常”。久饮该茶，有益脾胃，延年益寿，故有“仙茶”之誉。

双井茶[①]

欧阳修

西江[②]水清江石老，石上生茶如凤爪[③]。
穷腊不寒春气早，双井芽生先百草。
白毛[④]囊[⑤]以红碧纱，十斤茶养一两芽。
长安富贵五侯家，一啜尤须三日夸。
宝云[⑥]日注[⑦]非不精，争新弃旧世人情。
岂知君子有常德，至宝不随时变易。
君不见建溪龙凤团，不改旧时香味色。

【茶韵诗情】

本诗描写并评价双井茶，因西江水清，江南春早，所以“双井芽生先百草”。这种茶芽生在石上，极细嫩，形如凤爪，因为“十斤茶”才“养一两芽”，所以对这种茶要倍加呵护，“白毛囊以红碧纱”。这是珍品，不可多得，就连“长安富贵五侯家”，也“一啜尤

须三日夸”。后六句从茶的品质联想到世态人情。诗人批判“喜新弃旧”的世俗，主张要“有常德”，不要“随时变易”，就像建溪龙凤团茶那样，“不改旧时香味色”，保持优良传统，并使其恒久弥香。

【茶韵品析】

① 双井茶：宋代著名贡茶之一。

② 西江：指江西省西北部的修水。

③ 凤爪：比喻双井芽茶的形状如凤爪。

④ 白毛：即双井茶上的白色毫毛。

⑤ 囊(náng)：有底的口袋。

⑥ 宝云：指宝云茶，为宋代贡茶之一。

⑦ 日注：日注茶，亦称日铸茶，宋代名茶，产于浙江省绍兴市东南日注岭。

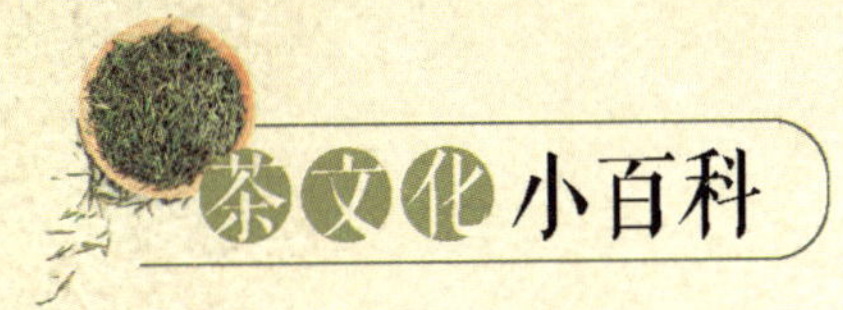

双井茶

双井茶又名洪州双井、黄隆双井、双井白芽等，属芽茶（即散茶）。宋代著名贡茶之一，产于江西省修水县西部双井村，因该村江边崖下有双井，故以之为村名，又以之为茶名。其地为北宋诗人黄庭坚的故乡，他在《双井茶送子瞻》诗中说："我家江南摘云腴，落硙霏霏雪不如。"现今的名茶"双井绿"即产于此。

月兔茶[1]

苏轼

环非环[2]，玦非玦[3]，
中有迷离月兔儿，一似佳人裙上月[4]。
月圆还缺缺还圆，此月一缺圆何年？
君不见，斗茶[5]公子不忍斗小团[6]，
上有双衔绶带[7]双飞鸾[8]。

【茶韵诗情】

说到北苑龙凤茶，诗人们大多喻之为一轮明月，也有的喻之为玉。独具匠心的是苏东坡，他把龙团凤饼中的月兔茶比作环和玦。诗人用像环、像玦，更似“佳人裙上月”来描写月兔茶的美好和珍贵。天上的月缺了还会圆，但月兔茶缺了一角则永远不能重圆，因此十分珍爱它。要烹煮环状的团茶，就必须“磨圭碎璧”，自然就缺了，由环变成玦。这种情况与月的阴晴圆缺又同又不同，月亮缺了

还会圆，团茶缺了就无法圆了。于是爱茶人对团茶产生了另一种心情，“不忍斗小团”。就连贵家公子斗茶时，也不忍心用它来斗。除上述原因外，更因为上面有一双嘴衔绶带的鸾鸟，这可是夫妻恩爱的象征。诗人用生动形象的比喻，使读者有身临其境的感觉；用月亮、鸾鸟喻指月兔茶，更具意境美。

【茶韵品析】

① 月兔茶：团茶中的一种名茶，产于四川省都濡县(今重庆市彭水县南)。

② 环：玉器，璧的一种，平圆形，中心有圆孔。

③ 玦(jué)：开了缺口的玉环。

④ 裙上月：指佳人挂在裙上的圆月似的玉器。

⑤ 斗茶：以竞赛的方式，评定茶质的优劣。

⑥ 小团：指小团茶。

⑦ 绶(shòu) 带：不同颜色的丝带，古代常用来系帷幕或印纽。

⑧ 鸾(luán)：传说中凤凰之类的神鸟。

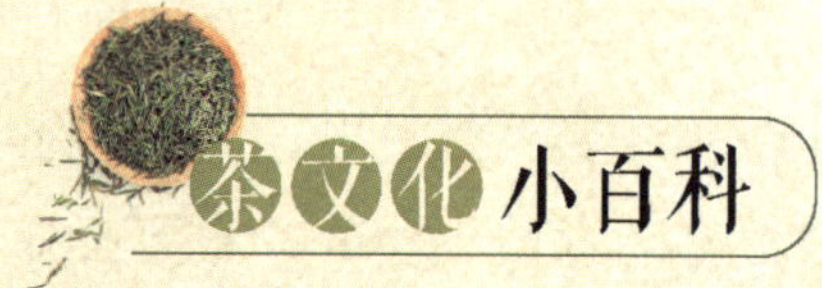

斗茶

斗茶，即通过比赛来评定茶的优劣，又名斗茗、茗战。始于唐，盛于宋，是古代有钱有闲人的一种雅玩，具有很强的胜负色彩，富有趣味性和挑战性。斗茶者各取所藏好茶，轮流烹煮、品评分出高下。古代茶叶大都做成茶饼，再碾成粉末，饮用时连茶粉带茶水一起喝下。斗茶可多人共斗或两人捉对“厮杀”，三斗二胜。每年清明节期间，新茶初出，最适合参斗。古人斗茶，或十几人，或五六人，大都为一些名流雅士，店铺的老板、街坊亦争相围观，像今天看一场球赛一样热闹。

喜得建茶[1]

陆游

玉食[2]何由到草莱[3]，重奁[4]初喜坼封开。
雪霏[5]庾岭[6]红丝硙[7]，乳泛闽溪[8]绿地材。
舌本常留甘尽日，鼻端无复鼾如雷。
故应不负朋游意，手挈风炉[9]竹下来。

【茶韵诗情】

陆游嗜茶，尤喜建茶，曾写下多首有关建茶的诗作，本诗就是陆游接到友人赠茶后写下的。诗中描述诗人得到建茶后十分欣喜，自己感叹道："这么好的珍品怎么会送给我这个不问世事的山野村夫呢！"之后诗人兴冲冲地拆开被重重小心包裹的匣子，把茶叶拿出来后用石磨磨碎，发现这建溪产的茶叶茶汤泛乳、口感回甘，甚至一整日舌根都能感到茶汤留下的茶香，而且带走了困意。最后，诗人心怀对朋友赠茶的感激之情，应朋友之邀，带着煮茶的风炉一道到竹林煮茶品茗。

【茶韵品析】

① 建茶：因产于福建建溪流域而得名。

② 玉食：这里指珍贵的茶。

③ 草莱：原指野草，这里比喻自己是在野不仕之人。

④ 奁(lián)：这里指放东西的匣子。

⑤ 雪霏：白雪纷飞，这里喻指雪白的茶末飞扬。

⑥ 庾(yǔ)岭：山名，即大庾岭，为五岭之一，在江西省大余县南。

⑦ 磑(wèi)：石磨。

⑧ 闽溪：指闽江，亦指建溪。

⑨ 风炉：一种专门用于煮茶的炉子。形如古鼎，有三足两耳，炉内可放置炭火，炉身下腹有三孔，用于通风。炉上有支撑锅子用的垛，分三格。炉底有一洞，用以通风出灰，炉下有一铁盘用于接炭灰。

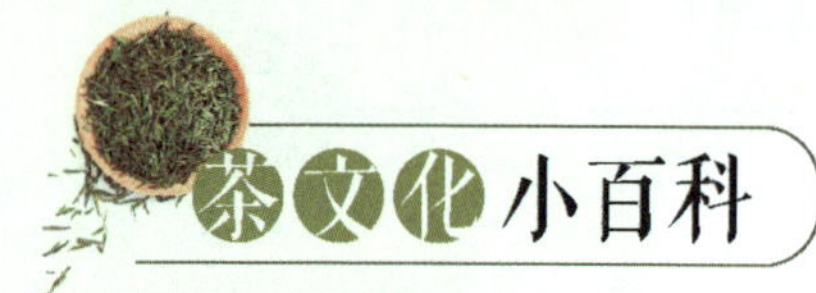

茶文化小百科

建茶

建茶是以宋代建州建安县(今福建省建瓯市)的北苑凤凰山一带为主体的产茶区所产的茶。其代表北苑贡茶闻名于世，是中国御贡史时间最长的茶。北苑贡茶在中国茶叶御贡史上独占了458年的绝代风骚。建茶有六绝：一是建溪官茶天下绝；二是建安斗茶天下绝；三是建盏茶具天下绝；四是凤山茶神天下绝；五是建瓯茶业天下绝；六是北苑茶文天下绝。

阳羡茶[1]

谢应芳

南山茶树化劫灰[2]，白蛇无复衔子[3]来。
频年雨露养遗植，先春粟粒[4]珠含胎[5]。
待看茶焙春烟起，箬笼封春[6]贡天子。
谁能遗我小团月[7]，烟火肺肝令一洗。

【茶韵诗情】

诗人在诗中先写了阳羡茶的历史变迁(从“化劫灰”到“养遗植”)和它的历史故事(“白蛇衔子”)；接着描写阳羡茶的茶芽特点，加工和封装进贡情况；最后表达非常渴望得到阳羡茶，如果能饮一杯阳羡茶那可真是能一洗自己的烟火俗气，让自己感到焕然一新。

【茶韵品析】

① 阳羡茶：唐代著名贡茶，产于江苏阳羡(今江苏省宜兴市)。

② 化劫灰：指山上的茶树饱受战乱的践踏破坏。

③ 白蛇无复衔子：《广群芳谱·茶谱》引《义兴旧志》载："南岳寺有珍珠泉，稠锡禅师尝饮之，清甘可口，曰：'得此泉烹桐庐茶，不亦乐乎?'未几有白蛇衔茶子坠寺前，由此滋蔓。茶味颇佳，号曰蛇种。"

④ 粟粒：形容茶芽细如粟粒。

⑤ 珠含胎：形容茶芽色泽如珍珠，含苞待发。

⑥ 箬笼封春：箬，此指箬竹的叶子。即把茶叶封存在衬有箬竹叶的竹笼里。

⑦ 小团月：此指阳羡茶。

阳羡茶

阳羡茶产于江苏宜兴，历史悠久，自古享有盛名，不仅深受皇亲国戚的偏爱，而且得到了许多文人雅士的喜欢。宜兴阳羡紫笋茶历来与杭州龙井茶、苏州碧螺春齐名，据史料记载，宋朝时候，荆溪地方（现为苏、浙、皖交界的宜兴一带）所产阳羡茶声名远播，每年要向朝廷进贡，朝廷各员视为珍物，得之为荣。阳羡贡茶因鲜芽色紫形似笋，故又称"紫笋茶"，它的特点是形美、色鲜、香高、味醇。

谢钟君惠石埭茶[1]

徐渭

杭客矜[2]龙井[3]，苏人伐[4]虎丘[5]。
小筐来石埭，太守赏池州[6]。
午梦醒犹蝶，春泉乳落牛。
对之堪七碗，纱帽正笼头[7]。

【茶韵诗情】

徐渭，初字文清，后改字文长，号青藤老人，山阴(今浙江省绍兴市)人。明代著名文学家、书画家、戏曲家。徐渭多才多艺，在诗文、戏剧、书画等各方面都独树一帜，与解缙、杨慎并称“明代三才子”。他是中国泼墨大写意画派创始人、青藤画派之鼻祖。徐渭的诗歌创作，注重表达个人对社会生活的实际情感，风格略近李贺，这个倾向为后来主张抒发性灵的公安派所继承，对改变晚明诗风具有重要意义。

本诗描述了作者得到钟太守所赠的石埭茶，便自煎自饮起来。因为茶味极佳，畅饮不已(“对之堪七碗”)，相比较杭州人夸耀的龙井茶、苏州人夸耀的虎丘茶，池州的石埭茶更能令诗人埋头豪饮。

【茶韵品析】

① 石埭(dài)茶：产于安徽石台县。石埭，旧县名，在今安徽省石台县。

② 矜：夸耀，炫耀。

③ 龙井：名茶，产于浙江省杭州市。

④ 伐：炫耀。

⑤ 虎丘：在江苏省苏州市，此指虎丘茶，明清时名闻四海。

⑥ 池州：在今安徽省贵池区。

⑦“对之”两句：化用唐卢仝《走笔谢孟谏议寄新茶》一诗的诗句“七碗吃不得也，唯觉两腋习习清风生”“柴门反关无俗客，纱帽笼头自煎吃”。

雾里青茶

雾里青茶是皖茶代表，属绿茶类，主产区位于皖南石台县(旧名石埭)珂田、占大、大演一带。石台是著名的皖南茶乡，自古就以盛产茶叶、出产优质高档名茶而闻名于世。徐渭《谢钟君惠石埭茶》中的石埭茶就是产于石台县。由于“嫩蕊”产于海拔千米的云雾之中，茶园常年被云雾笼罩，所以当地人称此茶为“雾里青”。雾里青茶芽头肥壮，茸毫披露，嫩香持久，滋味鲜醇，汤色浅黄明亮，叶底嫩绿完整。南宋大诗人陆游诗云：“三月寻芳半醉归，柴门响动竹常开。秋浦万里茶人到，笑说仙芝嫩蕊来。”

试虎丘茶[①]

王世贞

洪都[②]鹤岭[③]太麓生，北苑凤团先一鸣。
虎丘晚出谷雨候，百草斗品[④]皆为轻。
惠水不肯甘第二，拟借春芽冠春意。
陆郎为我手自煎，松飙泻出真珠泉。
君不见，蒙顶空劳荐巴蜀，定红[⑤]输却宣瓷玉[⑥]。
毡根[⑦]麦粉填调饥，碧纱捧出双蛾眉。
掐筝炙管[⑧]且未要，隐囊[⑨]筠榻[⑩]须相随。
最宜纤指就一吸，半醉倦读《离骚》时。

【茶韵诗情】

王世贞，字元美，号凤洲，又号弇(yǎn)州山人，南直隶苏州府太仓州(今江苏省太仓市)人，明代文学家、史学家。全诗极力赞美虎丘茶是绝好佳茗：开头四句说洪都鹤岭茶和北苑凤团茶都不如虎丘茶。接着两句讲“天下第二泉”惠山泉想凭借虎丘茶争第一。第九句说四川蒙顶茶要跟虎丘茶比也是徒劳。诗的其他九句，写俊童煎茶、美女捧茶，诗人倚靠隐囊，一边读着《离骚》，一边就着美女捧在手里的宣瓷玉茶碗饮茶的闲适生活情景和惬意心情。在王世贞看来，当时已经赫赫有名的鹤岭茶、北苑茶、蒙顶茶都不如虎丘茶，甚至连惠山泉水也要靠虎丘茶来提高身价。

【茶韵品析】

① 虎丘茶：一种名贵的茶，产于江苏省苏州市虎丘山。

② 洪都：今江西南昌市，旧称洪都。

③ 鹤岭：指鹤岭茶，产于南昌市郊的鹤岭。

④ 斗品：斗茶。

⑤ 定红：指河北定州窑生产的红色瓷茶碗。

⑥ 宣瓷玉：指明宣宗宣德年间生产的瓷茶碗。

⑦ 毡根：即毡毛。

⑧ 搊(chōu)筝炙管：吹弹乐器。

⑨ 隐囊：靠枕。

⑩ 筠(yún)榻：竹床。

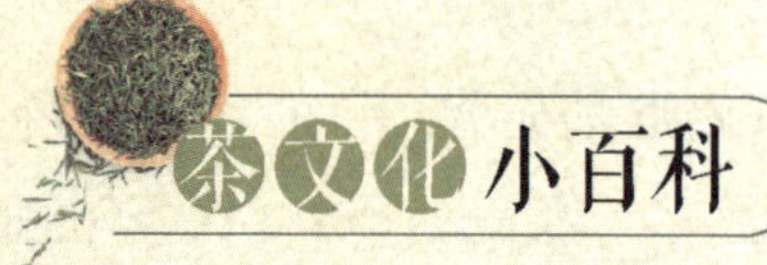

虎丘茶

苏州的碧螺春现在闻名遐迩，但在历史上，虎丘茶更胜一筹。虎丘茶历史不长，名气却很大。明朝文人屠隆誉其为天下第一。王士性则把天池茶也拉在一起，说："虎丘天池茶，今为海内第一。"康熙年间顾湄的《虎丘山志》对这种茶的品种有了界定："叶微带黑，不甚苍翠，点之色白如玉，而作豌豆香，宋人呼为白云茶。"虎丘茶虽然没有留下来，但"虎丘试茶"一直是明清文人的风雅传统。王世贞写的《试虎丘茶》就是对虎丘茶最好的诠释。明代画家程嘉遂画过一幅《虎丘松月试茶图》，月色下的松间一僧二俗，持盏试茶，画面雅静，仿佛皎洁的月色要从画面里渗透出来，幽远若梦。这样的虎丘之夜，隐隐有古意。书法家董其昌的《试墨帖》写的也是虎丘试茶的事。

赠茶/谢茶诗

不羡黄金罍，不羡白玉杯，不羡朝入省，不羡暮入台，千羡万羡西江水，曾向竟陵城下来。

——陆　羽

蜀州[①]郑使君[②]寄鸟嘴茶[③]因以赠答八韵

薛能

鸟嘴撷[④]浑[⑤]芽，精灵胜镆铘。
烹尝方带酒，滋味更无茶。
拒碾[⑥]干声细[⑦]，撑封[⑧]利颖[⑨]斜。
衔芦[⑩]齐劲实，啄木[⑪]聚菁华。
盐损[⑫]添常戒，薑[⑬]宜著更夸。
得来抛道药，携去就僧家。
旋觉前瓯[⑭]浅，还愁后信赊。
千惭故人意，此惠敌丹砂[⑮]。

【茶韵诗情】

薛能，字太拙，汾州(今山西省临汾市)人，唐武宗会昌六年进士，累官至工部尚书，唐代诗人。唐代诗僧无可称其“诗古赋纵横，令人畏后生”。这首诗表达了薛能对蜀州郑使君惠赠鸟嘴茶的感激之情。诗人先是描写了鸟嘴茶的嫩芽又肥又大，看着非常坚实、有精神，就像镆铘宝剑一样锋利。煮好鸟嘴茶，尝了之后，才知道茶也可以胜过酒，没有其他茶可以比得上这个茶的滋味。接着诗人又描写了鸟嘴茶的外形特点：非常干而脆，用碾子研磨的时候会发出细微的脆裂声，用袋子装的时候，坚硬的茶芽又会被袋子挤得歪歪斜斜。“衔芦”和“啄木”也是形容鸟嘴茶长得挺拔、结实。从此诗中也可看出唐代人喝茶的一些习俗，如煎茶时放入盐、姜等。可是诗人提醒说，放盐会有损茶的滋味，放姜味道会更好。有了鸟嘴茶就不需要道家的药了，可以带着鸟嘴茶去佛门会友。诗人一再对赠茶人的好意表示感谢，并说鸟嘴茶的妙处都可胜过道家的丹药了。

【茶韵品析】

① 蜀州：今四川省崇州市。

② 使君：尊称，这里指蜀州郡守。

③ 鸟嘴茶：产于四川的一种名茶，因其形似鸟嘴，故名。

④ 撷(xié)：采摘、摘取。

⑤ 浑：指茶叶浑厚肥大。

⑥ 拒碾：指碾茶的时候茶叶与碾子相摩擦的感觉。

⑦ 干声细：茶叶被碾碎时发出干脆而细微的声响。

⑧ 撑封：茶叶把包裹撑得鼓鼓的。

⑨ 利颖：形容茶芽尖尖，非常锋利的样子。

⑩ 衔芦：鸟嘴茶像大雁特意挑出来衔在嘴里用以自卫的芦草，

结实、挺拔。

⑪ 啄木：即啄木鸟。这里用啄木鸟的嘴比喻鸟嘴茶。

⑫ 盐损：煮茶时加盐会有损茶的滋味。

⑬ 薑(jiāng)：即姜。

⑭ 瓯(ōu)：一种茶具。

⑮ 丹砂：即朱砂，此处指丹药。

明清茶文化

明清时期，中国茶业出现了较大的变化。由于茶类和新的生产技术的发展，明清茶叶的生产和饮用方式发生了很大变化。最引人注目的是茶叶冲泡方法的艺术性、茶具的独特性及茶馆的普及性。茶壶被更广泛地应用于百姓茶饮生活中，茶盏也由黑釉瓷变成了白瓷和青花瓷，目的是更好地衬托茶的色彩。明清时期茶文化的更新和发展，突出表现在对饮茶文化艺术性的追求。无论是对名茶的品评鉴赏，还是制茶泡茶的技巧，乃至茶具的设计制作等方面，无不精益求精。并且他们具有很高的文化素养，常把饮茶与琴棋书画、焚香博古等活动联系在一起，使饮茶品茗笼罩在一种超凡脱俗的氛围之中，这和前代是不同的。

谢中上人[①]寄茶

齐己

春山谷雨[②]前，并手[③]摘芳烟[④]。
绿嫩[⑤]难盈笼，清和[⑥]易晚[⑦]天。
且招邻院客，试煮落花泉[⑧]。
地远劳相寄，无来又隔年。

【茶韵诗情】

齐己是唐朝的诗僧，潭州益阳(今湖南省宁乡市)人。他从小家境贫寒，6岁多就和其他佃户家庭的孩子一起为寺庙放牛，一边放牛一边学习、作诗，常常用竹枝在牛背上写诗，而且诗句语出天然，同庆寺的和尚便劝说齐己出家为僧，拜荆南宗教领袖仰山大师慧寂为师傅。齐己虽皈依佛门，却钟情吟咏，诗风古雅，格调清和。《全唐诗》收录了其诗作800余首，数量仅次于白居易、杜甫、李白、元稹而居第五位。

在这首诗里，齐己感谢一位有德高僧寄来的茶，称他为中上人。他先描述了这雨前茶的来之不易：这茶是在谷雨前的深山中采摘的，采茶人清晨很早就上山采茶，他两只手一刻不停地采着。在早晨的薄雾中，嫩嫩的茶叶就像一层碧绿的轻烟，采茶人笼罩在轻烟中辛苦地劳作。可是这茶太难采了，采了一天还没有装满篮子，天色却很快就暗了。这茶这么珍贵，不能独享啊，于是招来邻居们“试煮落花泉”。最后诗人感叹道：朋友啊，我们又一年未曾相见，我们相距这么远，你还劳心惦记着我，把费尽心思采得的茶寄给远方的我，就真称得上“礼轻情意重”了！

【茶韵品析】

① 上人：佛教指有德教善行的僧人。

② 谷雨：农历一年二十四个节气之一，在每年农历三月上旬。

③ 并手：采茶的动作，指两手一齐采。

④ 芳烟：比喻茶的嫩叶，因在早晨采茶，茶树飘香、晨雾缥缈，远远看去嫩嫩的茶叶隐藏在晨雾中，就像碧绿的烟雾，故称。

⑤ 绿嫩：绿嫩的芽茶。

⑥ 清和：晴朗和暖。

⑦ 易晚：白昼短，容易到夜晚。

⑧ 落花泉：水面上飘着落花的泉水。

雨前茶

雨前，即谷雨前，雨前茶在阳历4月5日以后至4月20日左右采制，用细嫩芽尖制成的茶叶称雨前茶。雨前茶虽不及明前茶(清明前采摘的茶)那么细嫩，但由于这时气温高，芽叶生长相对较快，积累的内含物也较丰富，因此雨前茶往往滋味鲜浓而耐泡。明代许次纾在《茶疏》中谈到采茶时节时说："清明太早，立夏太迟，谷雨前后，其时适中。"这对江浙一带普通的炒青绿茶来说，清明后、谷雨前确实是最适宜采制春茶的时节。据说，从时间上分，明前茶是茶中的极品，雨前茶是茶中的上品。

从弟[①]舍人[②]惠茶

刘兼

曾求芳茗[③]贡芜词[④]，果沐[⑤]颁[⑥]沾味甚奇。
龟背[⑦]起纹轻炙[⑧]处，云头[⑨]翻液乍烹时。
老丞[⑩]倦闷偏宜矣，旧客过从别有之。
珍重宗亲相寄惠，水亭山阁自携持。

【茶韵诗情】

刘兼，周末宋初在世，长安人，著有诗一卷。在本诗中，诗人为了求得好茶，曾写诗向他的堂弟讨要，他的堂弟应他所求果然给他送来了味道绝美的奇茶。这种茶叶轻轻一烘烤就呈现出龟背纹，煎茶水沸腾时，茶汤浮起的泡沫像是云头翻涌，这可是好茶啊。诗人感叹道：老朽疲倦烦闷的时候最适合喝这个茶啦，有朋友、亲戚来看我，也正好用这个茶招待。诗人对堂弟的馈赠十分感激珍视，出门远游无论是登山还是赏水都随身带着，方便随时煮来品味。

【茶韵品析】

① 从弟：即堂弟。

② 舍人：官名。

③ 芳茗：名茶，味道非常好的茶。

④ 芜词：作者自谦之说。芜，杂乱。

⑤ 沐：承蒙。

⑥ 颁(bān)：颁赐。

⑦ 龟背：茶叶经烘烤后呈现龟背状的纹路。

⑧ 炙：原指烘烤，这里指煎茶。

⑨ 云头：煮茶水沸时，像是卷云翻浪。

⑩ 老丞：丞，官名，一般指属官，这是作者谦称。

茶文化小百科

茶礼

通常将古代男方向女方下聘，以茶为礼的行为，称为“茶礼”，又叫“吃茶”。明代的许次纾《茶疏》说：“茶不移本，植必子生。古人结婚，必以茶为礼，取其不移植之意也。”从订婚至结婚，常举行下茶、纳采、问名、纳吉、纳征、请期、亲迎等各种仪式。《仪礼·士昏礼·疏》谓此乃“三茶六礼”。

宋代著名诗人陆游《老学庵笔记》说：“男女未嫁娶时，相互踏歌，歌曰：‘小娘子，叶底花，无事出来吃盏茶。’”《元曲选·包待制智赚生金阁》：“我大茶小礼，三媒六证，亲自娶了个夫人。”清孔尚任《桃花扇·媚座》：“花花彩轿门前挤，不少欠分毫茶礼。”洪深《香稻米》第一幕：“今年这个冬，要寻一个可以端茶礼、结婚姻的好日子，竟是这样难！”

谢人惠茶

梅尧臣

山色已惊溪上雷，火前[①]那及两旗[②]开。
采芽几日始能就，碾月[③]一罂[④]初寄来。
以酪为奴[⑤]名价重，将云比脚[⑥]味甘回。
更劳谁致中泠水[⑦]，况复颜生[⑧]不解杯。

【茶韵诗情】

开头一句诗人指出春天已经临近，已经能听到春雷在茶山的溪流上回荡的声音。寒食节前采的芽茶极嫩，还没来得及长出两片叶子。这种茶极难得，要采摘几日才满一筐，友人又在月夜焙干碾好装满一罂才寄来，所以显得特别珍贵。品尝时其云脚久聚不散，其味甚甘，堪称名贵的酪奴。多谢友人送来中泠泉水，用此水煎此茶，则味道绝佳，令人词穷汗颜，真的无法用语言来形容饮用此茶后那种回味无穷的感觉。

【茶韵品析】

① 火前：指寒食节，也称禁火节，即每年农历清明节前的一两天。

② 两旗：指两片刚刚伸展开的茶芽。

③ 碾月：在月夜下碾茶叶。

④ 罂(yīng)：古代瓷质贮茶用具。

⑤ 以酪(lào)为奴：茶汤的别称。南北朝时，北魏人不习惯饮茶，而好奶酪，戏称茶为“酪奴”，即酪浆的奴婢。典出王肃答北魏孝文帝元宏问。北魏杨衒之《洛阳伽蓝记》：“(王)肃与高祖殿会，食羊肉酪粥甚多。高祖怪之，谓肃曰：‘卿中国之味也，羊肉何如鱼羹？茗饮何如酪浆？’肃对曰：‘羊者是陆产之最，鱼者乃水族之长。所好不同，并各称珍。以啸言之，甚是优劣。羊比齐、鲁大邦，鱼比邾、莒小国，唯茗不中，与酪作奴。’……彭城王重谓曰：‘卿明日顾我，为卿设邾、莒之食，亦有酪奴。’”

⑥ 将云比脚：古人煎茶时茶汤上面的泡沫称汤花也称云脚。云脚凝聚的时间长，说明茶叶的品质高且烹者搅拌得当。古人以此来判别、品评茶的品质和茶功夫的高下。

⑦ 中泠(líng)水：泉名，亦作中濡泉、南泠泉，位于江苏省镇江市金山寺外。此泉原在波涛滚滚的江水之中，由于河道变迁，泉口处已变为陆地，现在泉口地面标高为4.8米。唐人刘伯刍评此水为煮茶天下第一水(见唐张又新《煎茶水记》)，故有“天下第一泉”之称。

⑧ 颜生：这里指因不会品茶而面现羞愧之色。

茶文化小百科

罂

古代瓷质贮茶用具。圆唇、短颈、鼓腹、平底。酱褐色釉。颈部饰白釉鼓钉纹，腹部饰旋涡纹。制作精美。最早见于唐代，以宋代江河七里镇窑制品为佳。

送龙茶[1]与许道人

欧阳修

颍阳[2]道士青霞客[3]，来似浮云去无迹。
夜朝北斗太清坛，不道姓名人不识。
我有龙团[4]古苍璧[5]，九龙泉[6]深一百尺。
凭君汲井试烹之，不是人间香味色。

【茶韵诗情】

欧阳修在《双井茶》里已经介绍了他对茶的喜爱。这是一首赠茶之诗，宋代同唐朝一样，也以茶为礼品馈赠他人。诗的前两联写人之奇：许道人是个“来似浮云去无迹”的青霞客，人们都不认识他，他是个虔诚的道教徒，“夜朝北斗太清坛”。后两联向许道人竭力赞扬龙茶之美，像“古苍璧”。末句用夸张手法，点出龙茶用九龙泉水烹之，其美味非人间有之。

【茶韵品析】

① 龙茶：即龙凤团茶。

② 颍(yǐng)阳：颍阳镇现位于河南省登封市最西部，约在公元前21世纪夏朝初，称纶国。周朝为颍邑。春秋时代谓纶氏，属郑国。战国时代属魏国。颍阳历史悠久，人杰地灵，名胜古迹繁多，有仰韶文化时期的颍阳遗址和龙山文化时期的郭寨遗址、刘相遗址。

③ 青霞客：青霞指青云，喻高远、隐居、修道。青霞客引申指高人雅士或隐居、修道之人。

④ 龙团，即龙凤团茶。

⑤ 苍璧：苍，青也。《广雅》引申其为青黑色。璧，古代中国用于祭祀的玉质环状物，凡半径是空半径的三倍的环状玉器称为璧。《尔雅》云："肉倍好谓之璧，好倍肉谓之瑗，肉好若一谓之环。"所谓肉是指边，好是指孔。实际上这一比例仅仅是理想的，实际出土的玉器很少合乎这一比例。这里的"苍璧"指龙凤团茶像精美的玉璧一样庄重古朴。

⑥ 九龙泉：此诗中的九龙泉在今河南省灵宝市西。清同治《河南通志》卷八：九龙泉"泉有九窟，源深莫测。唐开元间旱祷有应，赐名九龙泉"。宋邵雍有《九龙泉》诗。

茶文化小百科

谷帘泉

茶圣陆羽对煮茶的水很有研究，他曾遍游祖国的名山大川，品尝各地的碧水清泉，按煮出茶水的美味程度，将泉水排了名次，确认谷帘泉为“天下第一泉”。谷帘泉在庐山的主峰大汉阳峰南面康王谷中（今庐山市境内）。谷帘泉经陆羽评定，声誉倍增，驰名四海。历代文人墨客接踵而至，纷纷品水题留。宋代学者王禹偁考究了谷帘泉水后，在《谷帘泉序》中说到此泉水“其味不败，取茶煮之，浮云散雪之状，与井泉绝殊”。宋代名人王安石、朱熹、秦观等都饶有兴趣地游览品尝过谷帘泉，并留下了绚丽的诗章。

次谢许少卿[①]寄卧龙山茶[②]

赵抃

越芽[③]远寄入都[④]时，酬唱珍夸互见诗。
紫玉丛[⑤]中观雨脚，翠峰顶上摘云旗[⑥]。
啜多思爽都忘寐，吟苦更长了不知。
想到明年公进用，卧龙春色自迟迟。

【茶韵诗情】

赵抃，字阅道，号知非，衢州西安(今浙江省衢州市柯城区信安街道沙湾村)人，宋朝诗人。苏辙就曾称颂他“诗清新律切，笔迹劲丽，萧然如其为人”。本诗是一首感谢赠茶之诗。诗人开篇就感谢许少卿从远方的越州寄茶之情，马上写诗唱和赠答这珍贵的情谊和这珍稀的好茶。因诗人也在越州任过太守，许少卿寄来的卧龙山茶让他回忆起在卧龙山视察茶叶采摘时的情景：茂盛的茶林沐浴在一片霏霏的春雨中，翠绿的山峰上也有采茶人趁着春色采着早茶，多么美的画面，令诗人回味不已。在美好的回忆中，诗人喝着卧龙山茶，神思更是清爽，字斟句酌地作诗，已经深夜了都不知晓。最后一句是祝许少卿来年升官、仕途顺利，到那个时候连卧龙山的春色都显得迟了，赶不上许少卿春风得意的步伐了。

【茶韵品析】

① 少卿：官名，有宗正少卿（从五品）和七寺少卿(正六品)。

② 卧龙山茶：卧龙山，位于浙江绍兴境内。宋嘉泰《会稽志》："今会稽产茶极多，佳品惟卧龙一种，得名亦盛，几与日铸相亚。卧龙者出卧龙山。"

③ 越芽：越，绍兴古属越地，越芽指卧龙山茶。

④ 都：这里指北宋都城汴京，又叫东京、汴梁，即今开封市。

⑤ 紫玉丛：指卧龙山茶的茶芽，因这种茶"芽纤短，色紫味芬"，故称之为"紫玉丛"。

⑥ 云旗：旗，指茶展开的芽，茶树的嫩叶。茶树长在云雾缭绕的山峰上，故称云旗。

中国名茶山与出产的名茶盘点

江西庐山——庐山云雾

四川峨眉山——峨眉雪芽

福建武夷山——武夷岩茶

安徽黄山——黄山毛峰

福建太姥山——福鼎大白茶

江苏洞庭山——碧螺春

云南六大茶山——普洱茶

浙江天台山——云雾茶

广东凤凰山——单丛茶

四川蒙顶山——蒙顶黄芽

广西西山——桂平西山茶

寄茶与平甫[①]

王安石

碧月团团[②]堕九天，封题[③]寄与洛中仙[④]。
石楼[⑤]试水宜频啜，金谷[⑥]看花莫漫煎[⑦]。

【茶韵诗情】

王安石，字介甫，号半山，临川（今江西省抚州市临川区）人，北宋著名思想家、政治家、文学家、改革家。曾官拜宰相，是皇帝近臣，有机会得到极品贡茶。他得到建安北苑产的龙团茶不忘与其弟分享，时弟在洛中，诗人戏言弟在洛中饮此茶可成仙。诗人说道团茶如九天碧月坠入人间，我将团茶封囊且题签，

寄给洛中仙人王平甫。兄弟你在洛阳香山品饮此茶时宜一小口一小口地喝。在金谷园赏花游览时煎茶莫忘及时熄火，注意掌握火候。诗人谆谆嘱咐其弟煎茶、品茶的要领。这首诗反映了王安石对茶的钟爱，唯恐其弟品不出他送的新茶之美！

【茶韵品析】

① 平甫：即王安石之弟王安国。

② 碧月团团：指茶饼圆圆如明月。

③ 封题：用锦囊封好，并题诗其中。

④ 洛中仙：指王安石之弟王安国。他曾任西京(北宋以洛阳为西京)国子监教授。

⑤ 石楼：洛阳香山上的石楼。

⑥ 金谷：西晋石崇在洛阳建的金谷园。

⑦ 漫煎：指煎茶的时候水漫出来了。

建盏

建盏中以兔毫盏最为人称道。兔毫盏釉色黑青，盏底有放射状条纹，银光闪现，异常美观。以此盏点茶，黑白相映，易于观察茶面白色泡沫汤花，故名重一时。蔡襄《茶录》曰：“茶色白，宜黑盏，建安所造者绀黑，纹如兔毫，其坯微厚，熁之久热难冷，最为要用。出他处者，或薄或色紫，皆不及也。其青白盏，斗试家自不用。”宋代祝穆在《方舆胜览》中也说：“茶色白，入黑盏，其痕易验。”黄庭坚的“兔褐金丝宝碗，松风蟹眼新汤”，皆为咏此茶盏的名句。

制作建盏，配方独特，窑变后会现出不同的斑纹和色彩。除釉面呈现兔毫条纹的兔毫盏外，还有鹧鸪斑点、珍珠斑点和日曜斑点的茶盏，这些茶盏分别称为鹧鸪盏、油滴盏和日曜盏，它们都极适宜斗茶。

新茶送签判[1]程朝奉[2]以馈其母，有诗相赠，次韵答之

苏轼

缝衣送与溧阳尉[3]，舍肉怀归颍谷封[4]。
闻道平反[5]供一笑，会须难老待千钟[6]。
火前[7]试焙分新镑[8]，雪里头纲[9]辍赐龙[10]。
从此升堂[11]是兄弟，一瓯林下记相逢。

【茶韵诗情】

苏东坡在诗中用孟郊母缝衣送子来比喻程母之慈，用颍考叔来比喻程朝奉之孝，用升堂是兄弟来比喻程苏两人的亲密友情，所用比喻非常贴切自然。因为有这么深厚的感情，所以东坡送了最好的茶。诗中提到“火前试焙分新镑，雪里头纲辍赐龙”足以表明，苏轼是把最好的茶叶——第一批运送到朝廷的北苑新茶送给程母品尝。希望程母能多多饮用此茶，长寿健康。这首诗恰是以茶传情，以诗寓意的代表。

【茶韵品析】

① 签判：官名。为“签书判官厅公事”的简称。

② 程朝奉：名遵彦，字之邵，举进士，为杭州节度判官。文学吏事，皆有可观，事母至孝。苏轼再入翰林，荐之于朝，擢宗正丞，后使广西，入为祠部郎，提点两浙刑狱。

③ 溧阳尉：指唐代诗人孟郊，曾做溧阳尉。孟郊《游子吟》：“慈母手中线，游子身上衣。临行密密缝，意恐迟迟归。”此句借指程母很疼爱他的儿子程朝奉。

④ 颍谷封：春秋时郑国人颍考叔做过颍谷（今河南省登封市西）封人（掌管封疆的官吏）。郑庄公给他吃肉，他不吃，说要拿回去给母亲吃。

⑤ 平反：把冤屈误判的案件纠正过来。指程朝奉。

⑥ 千钟：钟同盅，“千钟”意指极其多，这里是祝愿程母经常喝茶，可以长寿。

⑦ 火前：即火前茶。唐宋习俗，清明前一日禁火寒食，到清明日再起火，因此寒食前即为火前，寒食后即为火后。寒食前所采制的茶，即为火前茶。

⑧ 铐：原指压制茶饼的模具，也用以指茶，如北苑贡茶中的“贡新铐”“试新铐”等。

⑨ 头纲：指头一批北苑御焙运送的新茶。熊蕃《宣和北苑贡茶录》序：“惟白芽与胜雪，自惊蛰前兴役，浃日乃成，飞骑疾驱不出仲春，已至京师，号为头纲玉芽。”

⑩ 赐龙：指皇帝赐给的龙团茶。

⑪ 升堂：语出“升堂拜母”，也作“登堂拜母”，指双方结为通家之好。《三国志·吴志·周瑜传》：“坚子策与瑜同年，独相友善，瑜推道南大宅以舍策，升堂拜母，有无通共。”是说孙策与周瑜相友善，彼此互访时都先入后堂拜见对方的母亲。

唐朝名茶

唐代名茶，据唐代陆羽《茶经》和唐代李肇《国史补》等历史资料记载，唐代名茶计有150余种，主要有：顾渚紫笋、阳美茶、寿州黄芽、蕲门团黄、蒙顶石花、神泉小团、昌明茶、碧涧、方山露芽、香雨、楠木茶、衡山茶、东白、鸠坑茶、西山白露、仙崖石花、绵州松岭、仙人掌茶、夷陵茶、茶牙、紫阳茶、义阳茶、六安茶、天柱茶、黄冈茶、雅山茶、天目山茶、径山茶、仙茗、蜡面茶、横芽、邛州茶、泸州茶、峨眉白芽茶、赵坡茶、界桥茶、茶岭茶、蜀冈茶、庐山茶、唐茶、柏岩茶、九华英、小江园、剡溪茶、歙州茶、邕湖含膏等。

双井茶[1]送子瞻[2]

黄庭坚

人间风日不到处，天上玉堂[3]森宝书。
想见东坡旧居士，挥毫百斛[4]泻明珠。
我家江南摘云腴[5]，落硙[6]霏霏雪不如。
为君唤起黄州[7]梦，独载扁舟向五湖[8]。

【茶韵诗情】

黄庭坚写这首诗的时候，苏轼时任翰林院学士，担负掌管机要、起草诏令的工作。由于翰林学士可以接近皇帝，诗人便利用了“玉堂”的双重含义，把翰林院说成是不受人间风吹日晒的天上殿阁。第二联笔锋一转，提及苏轼被贬黄州自号东坡居士一事，那时候的苏轼才华横溢，挥洒自如，写下了很多脍炙人口的诗句。可是现在的苏轼又重回朝堂，陷入了权力争斗的旋涡当中，这让黄庭坚非常担心，所以借送茶之名提醒好朋友，要适时进退，洁身自好。

黄庭坚情深意切地对老朋友说：我家乡双井茶茶叶肥嫩，我把它放到茶磨里精心研磨，细洁的叶片连雪花也比不上，这个茶口感醇厚、回味无穷，希望它能唤起你在黄州的那段回忆，难道你不想独自驾着一叶扁舟，游于太湖之上吗？这一句用了春秋时期范蠡的典故。苏轼贬谪在黄州时，由于政治上失意，也曾萌生过“小舟从此逝，江海寄余生”（《临江仙》）的退隐思想。作者一方面为友人命运的转变而高兴，另一方面也为他担心，于是借着送茶的机会，委婉地劝告对方，不要忘记被贬黄州的旧事，在风云变幻的官场里，不如及早效法范蠡，来个功成身退。最后这一句才真正表达了赠茶的根本用意。

【茶韵品析】

① 双井茶：又名洪州双井、黄隆双井、双井白芽等，产于分宁(现江西省修水县)，正是黄庭坚的家乡洪州(现江西省南昌市)。属芽茶(即散茶)。宋代名茶，也是贡茶之一。

② 子瞻：苏轼，字子瞻，宋代文学家，与黄庭坚是好友。

③ 玉堂：古代官署名，唐宋以后称翰林院为玉堂。

④ 斛(hú)：古代量器，十斗为一斛。

⑤ 云腴(yú)：指在高山云雾里生长的茶叶肥美鲜嫩。

⑥ 硙(wèi)：小石磨，研制茶叶的碾具。

⑦ 黄州：北宋元丰年间，苏轼被贬黄州(今湖北省黄冈市)，筑室于东坡居住，自号东坡居士。

⑧ 五湖：太湖的别名。相传春秋时期范蠡辅佐越王勾践灭掉吴国之后，不愿接受封赏，弃去官职，“遂乘轻舟以浮于五湖”(《国语·越语》)。

宋朝名茶

在宋代，全国范围内出产茶叶200多个品种。其中，皇家的贡茶最具有代表性。北宋王朝初立，宋帝设立茶局，派重臣督造皇家御茶。宋朝最著名的茶包括顾渚紫笋、阳羡茶、日铸茶（又名日注茶）、瑞龙茶、双井茶（又名洪州双井等）、谢源茶、雅安露芽、蒙顶茶、临江玉津。其他还包括袁州金片（又名金观音茶）、青凤髓、纳溪梅岭、巴东真香、龙芽、方山露芽、五果茶、普洱茶、鸠坑茶、瀑布岭茶、五龙茶、真如茶、紫岩茶、胡山茶、鹿苑茶、大昆茶、小昆茶、焙坑茶、细坑茶、径山茶、天台茶、天尊岩贡茶、西庵茶、石笕岭茶、雅山茶、鸟嘴茶（又名明月峡茶）、宝云茶、白云茶、月兔茶、花坞茶、仙人掌茶、紫阳茶、信阳茶、黄岭山茶、龙井茶、虎丘茶（又名白云茶）、洞庭山茶、灵山茶、沙坪茶、邛州茶、峨眉白芽茶、武夷茶、卧龙山茶、修仁茶。

次韵谢李安上惠茶

秦观

故人早岁佩飞霞[1]，故遣长须[2]致茗芽[3]。
寒橐[4]遽[5]收诸品玉[6]，午瓯[7]初试一团花[8]。
著书懒复追鸿渐，辨水时能效易牙[9]。
从此道山[10]春困少，黄书[11]剩校两三家。

【茶韵诗情】

秦观，扬州高邮人，字少游，亦字太虚，别号邗沟居士，学者称其淮海居士，“苏门四学士”“苏门六君子”之一。苏轼曾戏呼其为“山抹微云君”。官至太学博士、国史馆编修。秦观一生坎坷，所写诗词感人至深，是北宋文学史上一位重要的文学家、词人，被尊为婉约派的一代词宗。在这首诗里，诗人的朋友李安上少年得志为官，派一位仆人送茶给诗人。诗人赶紧用袋子收好这么珍贵的茶叶，等不及中午就马上煮起茶来，茶汤刚煮好，样子极美如花。接

着诗人调侃道：我写茶经是赶不上陆羽啦，可是喝茶、品茶我却不输给易牙。最后诗人指明，这个茶功效甚大，可以赶走春困的瞌睡，让我多校对几本书，真是帮了大忙啦。感谢之意溢于言表。这是一首真心实意的谢茶诗。

【茶韵品析】

① 佩飞霞：即刻有飞霞的玉佩，比喻做官。

② 长须：借指长有长须的仆人。

③ 茗芽：嫩茶叶。

④ 寒橐(tuó)：橐即囊，寒橐指简陋的袋子。

⑤ 遽(jù)：急，仓促。

⑥ 品玉：即茶叶。

⑦ 午瓯：指午间喝送来的茶。

⑧ 一团花：指茶汤极美如花。

⑨ 易牙：春秋时齐桓公的宠臣，善于调味辨味，专管齐桓公的饮食事务。

⑩ 道山：指文人学士聚会的地方，这里借指文人，即作者自指。

⑪ 黄书：即黄卷，指书籍，因古人以黄柏(木名，其皮外白而里面深黄色)染纸以防虫蛀，故名。

茶文化小百科

清朝名茶

在清朝，传统的六大茶类如绿茶、红茶、乌龙茶、白茶、黄茶、黑茶已全部形成，茶叶的内销及外销都达到历史上的最高水平，各地茶馆林立，民间喝茶更加普遍，茶真正走向了世俗化。清朝的名茶更是品种繁多，如：武夷岩茶、黄山毛峰、徽州松罗、西湖龙井、普洱茶、闽红工夫红茶、祁门红茶、婺源绿茶、洞庭碧螺春、石亭豆绿、敬亭绿雪、涌溪火青、六安瓜片、太平猴魁、信阳毛尖、紫阳毛尖、舒城兰花、老竹大方、泉岗辉白、庐山云雾、君山银针、安溪铁观音、苍梧六堡茶、屯溪绿茶、桂平西山茶、南山白毛茶、恩施玉露、天尖、白毫银针、凤凰水仙、闽北水仙、鹿苑茶、青城山茶、沙坪茶、名山茶、雾钟茶、峨眉白芽茶、务川高树茶、贵定云雾茶、湄潭眉尖茶、严州苞茶、莫干黄芽、富阳岩顶、九曲红梅、温州黄汤等。

为了能够帮助读者更加准确地理解图书内容，本书在编写过程中引用了大量图片，在此向所有图片的提供者表示感谢。编者和出版社已通过各种途径获得了部分图片原创者的授权，但仍有部分图片与其原创者无法取得联系。我们真诚地感谢每一位原创者，对尚未取得联系的原创者致以深深的歉意。希望得知本书出版的图片原创者及时与我们联系，我们将合理解决图片的使用问题。

更多精彩视频请扫描二维码观看